यही सच है

[कहानी-संग्रह]

इस संकलन की 'यही सच है' कहानी पर बासु चटर्जी के निर्देशन में 'रजनीगंधा' फ़िल्म भी बन चुकी है।

यही सच है

मन्नू भंडारी

राधाकृष्ण प्रकाशन

ISBN : 978-81-7119-204-5

यही सच है

पहला संस्करण : 1965
राधाकृष्ण संस्करण : 1995
छठा संस्करण : 2024

मूल्य : ₹595

प्रकाशक
राधाकृष्ण प्रकाशन प्राइवेट लिमिटेड
जी-17, जगतपुरी, दिल्ली-110 051
शाखाएँ : अशोक राजपथ, साइंस कॉलेज के सामने, पटना-800 006
पहली मंजिल, दरबारी बिल्डिंग, महात्मा गांधी मार्ग, प्रयागराज-211 001
1, अनमोल सोराबजी संतुक लेन, धोबी तलाव, मरीन लाइंस, मुम्बई-400 002
वेबसाइट : www.radhakrishnaprakashan.com
ई-मेल : info@radhakrishnaprakashan.com

मुद्रक
बी.के. ऑफसेट
नवीन शाहदरा, दिल्ली-110 032

YAHI SACH HAI
Short Stories by Mannu Bhandari

बहन कैलाश आनन्द को

अनुक्रम

यही सच है

क्षय

सावित्री के यहाँ से लौटी, तो कुन्ती यों ही बहुत थकी हुई महसूस कर रही थी। उस पर टुन्नी के पत्र ने उसके मन को और भी बुरी तरह मथ दिया। पापा को भी दो बार खाँसी का दौरा उठ चुका था। वह जानती थी कि वे बोलेंगे कुछ नहीं; पर उनका मन कर रहा होगा कि टुन्नी को वापस बुला लें। रात में लेटी तो फिर उसी पत्र को खोलकर पढ़ने लगी :

"दीदी, मेरा मन यहाँ ज़रा भी नहीं लगता। सारे समय पापा की और तुम्हारी याद आती रहती है। स्कूलवालों ने भी मुझे आठवीं में ही भरती किया है। उस दिन तुम मेरे हैडमास्टर साहब के पास चली जातीं तो कितना अच्छा होता, पूरा एक साल बच जाता। तुमने मेरा इतना सा काम भी नहीं किया; दीदी, पूरा एक साल बिगड़वा दिया... ।"

क्या सचमुच ही उसने टुन्नी का साल बिगड़वा दिया? नहीं, नहीं, जो कुछ उसने किया, ठीक ही किया। कोई उसके पास इस तरह की सिफ़ारिश लेकर आए तो? उसका बस चले तो वह उसे स्कूल के फाटक से ही निकाल बाहर करे। वह शुरू से ही इतना कहती थी कि टुन्नी, पढ़, मेहनत कर। पर उस समय पापा को टुन्नी बच्चा लगता था। अब फेल हो गया तो जान-पहचान का फ़ायदा उठाओ, सिफ़ारिश करो। उसने जो कुछ किया, ठीक ही किया। स्कूलों में यह सब देखकर उसका मन आक्रोश, दुःख और ग्लानि से भर जाता है। पर होता है, और वह देखती भी है।...लेकिन उससे क्या हुआ, वह स्वयं ऐसा कभी नहीं करेगी। जिस दिन पापा ने उससे यह

बात कही थी, वह अवाक् सी उनका मुँह देखती रह गई थी, जैसे विश्वास न हो रहा हो कि पापा भी कभी ऐसी बात कह सकते हैं, और वह भी कुन्ती से।...कुन्ती आज जो कुछ भी है, विचारों से, विश्वासों से, पापा की ही तो बनाई हुई है।...लेकिन पापा बदल गए हैं, बहुत बदल गए हैं! शायद यह बीमारी ही ऐसी होती है कि आदमी को बदलना पड़ता है। कुन्ती स्वयं महसूस करती है कि उसके जिस आदर्शवाद और दृढ़ आत्मविश्वास पर पापा कभी गर्व किया करते थे, उसी पर आज वे शायद दुःख करते हैं। उन्हें लगता है जैसे कुन्ती को बनाने में वे कहीं भूल कर बैठे हैं।...वह अपना मन टटोलने लगी, क्या सचमुच ही कुछ ग़लत विश्वास और ग़लत सिद्धान्त वह पाल बैठी है?

सामने वॉयलिन पड़ा था। वह उठी और वॉयलिन लेकर छत पर चली गई। जब उसका मन बहुत खिन्न होता है, तो उसे वॉयलिन बजाना बहुत अच्छा लगता है। रात के सन्नाटे में मन का अवसाद जैसे संगीत की स्वर-लहरियों पर उतर-उतरकर चारों ओर बिखरने लगता है। वह आँखें मूँदकर बेसुध-सी वॉयलिन बजाने लगी और उसकी त्रस्त आत्मा, खिन्न मन और शिथिल शरीर धीरे-धीरे थिरकने लगे। वह किसी और ही लोक में पहुँच गई।

खों, खों, खों...पापा की लगातार खाँसी से उसकी तन्मयता टूटी। एकाएक ही अँगुलियाँ शिथिल हो गईं और वॉयलिन ठोड़ी के नीचे से सरककर छाती पर आ टिका। वह नीचे आई। पापा को आज तीसरी बार दौरा उठा था। उन्हें दवाई दी और पास बैठकर तब तक पीठ सहलाती रही, जब तक वे शान्त होकर लेट नहीं गए।

जब वह अपने कमरे में आकर लेटी तो रात करीब आधी बीत चुकी थी। आज सावित्री के यहाँ उसका पहला दिन था। उसे ख़याल आया, कल जब वह स्कूल जाएगी तो मिसेज़ नाथ उसे देखकर वैसे ही व्यंग्यात्मक ढंग से मुस्कुराएँगी। उनकी इस मुस्कुराहट ने हमेशा ही उसके मन में घृणा पैदा की है। पर उसे लगा, जैसे कल वह इस मुस्कुराहट का सामना नहीं कर सकेगी। उसका उपहास करती, उस पर आरोप लगाती सी मिसेज़ नाथ की

मुस्कुराहट अँधेरे में एक बार उसके सामने कौंध गई। कुन्ती ने करवट बदली तो मकान-मालिक के बच्चों के मास्टर का दयनीय, सूखा सा चेहरा उसके सामने उभर आया। एक यह व्यक्ति है, जिसने उसके मन में हमेशा अपने काम के प्रति अरुचि उत्पन्न की है। ओह! क्या-क्या कल्पनाएँ थीं उसके मन में अध्यापन को लेकर!...लेकिन मिसेज़ नाथ...यह मास्टर...कुन्ती ने फिर करवट बदल ली।

एक महीने में ही घर का जैसे सब कुछ बदल गया है। उसे वह दिन याद आया, जब वह डॉक्टर के यहाँ से पापा की एक्स-रे प्लेट के साथ रिपोर्ट लेकर आई थी कि उन्हें क्षय है। रास्ते-भर वह यही सोचती आई थी कि पापा को रिपोर्ट कैसे देगी? उस पर उनकी क्या प्रतिक्रिया होगी? दवाइयों का लम्बा नुस्खा और हिदायतों की लम्बी सूची समस्या के दूसरे पहलू को भी उभार-उभारकर रख रही थी। कैसे वह सब करेगी? करना तो सब उसी को है। पिछले चार सालों से इस घर के लिए वही तो सब कुछ करती आई है। वही तो पापा की पहली सन्तान है और पापा हमेशा ही कहते थे, वह उनकी लड़की नहीं, लड़का है। शुरू से उसे लड़के की तरह ही पाला... बचपन में वह लड़कों के साथ खेली, लड़कों के साथ पढ़ी और अब लड़कों की तरह ही इस घर को सँभाल रही है। पर अब?

घर पहुँची तो पापा पलंग पर लेटे हुए थे। उसने चुपचाप वह लिफ़ाफ़ा उनके हाथ में थमा दिया और नौकर को चाय लाने का आदेश देकर अन्दर चली गई। वह प्रतीक्षा कर रही थी कि पापा उसे बुलाएँगे, कुछ कहेंगे, पर उन्होंने नहीं बुलाया। क्या पापा को रिपोर्ट देखकर सदमा लगा? क्या वे पहले नहीं जानते थे कि उन्हें क्षय है? फिर?

चाय पीने वह बाहर जाकर बैठी। शायद अब कोई बात चले! पर फिर मौन। पापा पैर फैलाकर तकिए के सहारे बैठे शून्य नज़रों से आसमान निहार रहे थे। कुन्ती ने प्याला पकड़ाया तो चाय पीने लगे। ख़ामोशी के ये क्षण कुन्ती को बहुत बोझिल लगे थे। सामने इतनी बड़ी समस्या है और दोनों यों मौन बैठे हैं। स्थिति की गम्भीरता को दोनों ही महसूस कर रहे थे; पर लग रहा था जैसे उसका नाम लेने-भर से वह और विकट हो जाएगी।

पापा शायद सोच रहे थे कि दोनों बच्चे कितने असहाय महसूस करने लगेंगे! और कुन्ती सोच रही थी कि बात करने से ही पापा के मन में जीवन के प्रति कैसी घातक निराशा छा जाएगी! दोनों बच्चों के अनिश्चित भविष्य की चिन्ता उन्हें कितना व्यथित बना देगी! पर मौन रहने से ही तो यह सब नहीं सुलझ जाएगा। तब?

तब केवल बात करने-भर के लिए ही कुन्ती ने टुन्नी को इलाहाबाद भेजने की बात कह दी थी। वह जानती थी कि पापा इसका विरोध करेंगे। अपने बच्चों को वह एक दिन के लिए भी अपनी आँखों से दूर नहीं कर सकते। फिर टुन्नी छोटा था, अधिक लाड़ला। पर वे कुछ नहीं बोले थे। धीरे से इतना ही कहा था : "भेज देना।" कुन्ती को लगा, जैसे पापा विवश होकर कह रहे हों—मैं कौन होता हूँ कुछ कहनेवाला? अब तो तुम्हीं सब कुछ हो, जो चाहो करो। मैं क्षय का रोगी...

कुन्ती की आँखें छलछला आई थीं।

थोड़ी देर बाद पापा ने रुकते-रुकते कहा था : "एक बार कोशिश करके इसे चढ़वा तो दे, तेरी हैडमास्टर साहब से अच्छी जान-पहचान है...वहाँ भी जाए तो एक साल तो बच जाए।"

जहर की तरह कुन्ती ने चाय का घूँट निगला था और अपने को भरसक संयत करके बोली थी : "पापा, कम-से-कम स्कूलों को तो इन सारी बातों से भ्रष्ट न करवाओ। टुन्नी मेरा अपना विद्यार्थी होता तब भी मैं उसे कभी न चढ़ाती।" उसके स्वर में आदेश नहीं था, पर दृढ़ता थी और पापा चुप हो गए थे।

पर आज टुन्नी का पत्र जाने क्यों रह-रहकर उसके मन में टीस उठा रहा है! कुन्ती को लगा, जैसे प्यास से उसका गला सूख रहा है। उसने उठकर पानी पिया। आकर लेटी तो नज़र फिर वॉयलिन पर पहुँच गई। एक बार फिर इच्छा हुई कि वॉयलिन लेकर छत पर चली जाए। पर उसने अपनी आँखें बन्द कर लीं।

सावित्री की ट्यूशन वह निभा सकेगी? अब तो जैसे भी हो, निभाना ही होगा। वह स्कूल में छः-छः घंटे काम करती है, तब जाकर उसे दो सौ

रुपए मिलते हैं और कहाँ डेढ़ घंटे के ही दो सौ! फिर एक महीने ख़ुशामद की उसकी माँ ने। चार चक्कर तो घर के ही लगाए। पर फिर भी...और उसकी आँखों के सामने मकान-मालिक के मास्टरजी फिर घूम गए...वे मास्टरजी हैं, पर कभी रिक्शा में सामान लदवाकर लाते हैं, तो कभी सेठानी का हिसाब लिखते रहते हैं। हुँः; वह तो जिस दिन भी देखेगी कि उसके सारे परिश्रम के बावजूद सावित्री नहीं सुधर रही है, कुछ भी नहीं सीख रही है; उसी दिन छोड़ देगी, चाहे कितनी ही मुसीबत क्यों न सहनी पड़े। सावित्री को पढ़ाना कोई सरल काम नहीं है। जो आठवीं के भी लायक नहीं है, उसे नवीं में पास करवाना...

एक महीने में ही बैंक से पापा के हज़ार से अधिक रुपए निकल चुके थे। वह नहीं चाहती कि अब और निकलें। पूँजी के नाम पर उनके पास कुल पन्द्रह हज़ार ही तो बचे थे जिनके प्रति उनका मोह उम्र के साथ-ही-साथ बढ़ता जा रहा था। लगता था, जैसे यह रुपया ही उनका एकमात्र सहारा है। उसे वह कभी कुन्ती के ब्याह के लिए बताकर एक उत्तरदायी बाप होने का सन्तोष प्राप्त करते थे, तो कभी टुन्नी की पढ़ाई के लिए बताकर उसके उज्ज्वल भविष्य की कल्पना का सुख लेते थे। उसमें से भी अब खर्च होने लगा। कुन्ती भी क्या करती? यों तो पापा की पेंशन, अपनी तनख्वाह और गाँव के मकान के किराए से वह अच्छी तरह काम चलाती आ रही थी, पर बीमारी का यह अतिरिक्त खर्च...और बीमारी भी अनिश्चित अवधि तक की...

दूर कहीं मुर्ग़ा बोला। यह क्या सवेरा होने को आया? तो वह आज बिल्कुल नहीं सो पाई? कल सवेरे से ही फिर जुट जाना है...बाज़ार, स्कूल, सावित्री, पापा की परिचर्या...उसका सिर भारी होने लगा।

अपना क्लास लेकर कुन्ती स्टाफ-रूम में पहुँची और चुपचाप कुर्सी पर बैठकर बाहर देखने लगी। बहुत-सी कॉपियाँ देखने को जमा हो गई थीं; पर मन ही नहीं कर रहा था कुछ करने को। सिर बेहद भारी हो रहा था और

नींद आँखों में घुल रही थी। तभी मिसेज़ नाथ अपने भारी-भरकम कन्धों पर कॉपियों के दो गट्ठर लादे घुसीं। उसने देखकर भी नहीं देखा। मिसेज़ नाथ भी कुछ नहीं बोलीं, चुपचाप कॉपियाँ देखने बैठ गईं। कुन्ती ने सोचा, क्या इन्हें मालूम नहीं हुआ है कि मैंने सावित्री के यहाँ ट्यूशन कर ली है? हो सकता है, आज न हुआ हो, पर कल तो होगा ही। तब...?

फड़फड़ाती हुई एक कॉपी फर्श पर गिरी तो कुन्ती ने चौंककर पीछे देखा। मिसेज़ नाथ ने गुस्से में आकर किसी लड़की की कॉपी ही उछाल दी थी और बड़बड़ा रही थीं : "दिमाग में गोबर भरा है और पढ़ने का शौक चर्राया है! अपने घर बैठो, खाओ-पिओ और मौज करो। न जाने कहाँ-कहाँ से दिमाग़ चाटने आ जाती हैं!..."

कुन्ती फिर बाहर देखने लगी। यों, वह इस एक साल में इन सब बातों की काफी अभ्यस्त हो चुकी थी। फिर भी लड़कियों पर यों झुँझलाना, ऐसे अपशब्द कहना उसे कभी अच्छा नहीं लगता। फिर पढ़ी-लिखी, सभ्य-सुसंस्कृत महिलाओं के मुँह से निकले हुए ऐसे शब्द, जो इतनी छात्राओं की अध्यापिकाएँ हैं, उनकी आदर्श हैं।

उसे याद आया, जब पहली बार उसने इन्हीं मिसेज़ नाथ को डाँटते हुए सुना था, तो आश्चर्य और गुस्से के साथ उसे बेहद हँसी भी आई थी। वे गुस्से से काँपती हुई ज़ोर-ज़ोर से स्केल को मेज़ पर पटककर सामने खड़ी थर-थर काँपती किसी लड़की को कह रही थीं : "कल यदि पाठ याद करके नहीं आई तो इस चलते हुए पंखे में लटका दूँगी!" और कुन्ती को पंखे से लटकी हुई लड़की की कल्पना ने बेहद हँसाया था।

एक वह थी जो अपनी कमजोर छात्राओं को सवेरे जल्दी आकर पढ़ाया करती या देर तक ठहरकर पढ़ाती; स्नेह और सहानुभूतिपूर्ण व्यवहार से उनके खोए आत्मविश्वास को जगाती। पढ़ाई के अतिरिक्त विभिन्न रुचियों के विकास के लिए नई-नई योजनाएँ बनाया करती। इन सबका परिणाम यह हुआ था कि थोड़े ही दिनों में वह अपनी सहकर्मिणियों के बीच व्यंग्य और उपहास की पात्री और छात्राओं की 'परमप्रिय बहनजी' बन गई थी। पर साल-भर बीतते-बीतते उसका भी उत्साह बहुत कम हो गया था।

कॉपियाँ देखते समय उसने कई बार अपने परिश्रम की व्यर्थता महसूस की थी। पर फिर भी ऐसे अपशब्द...इस तरह झल्लाना...

"सुना है, सावित्री की माँ ने उसे किसी दूसरे स्कूल में नवीं कक्षा में भरती करवा दिया है और शायद तुमने उसे घर पर पढ़ाना मंजूर कर लिया है?"

बात कुन्ती से ही कही गई थी; पर कुन्ती ने न मुड़कर उधर देखा, न जवाब ही दिया।

"पैसे के जोर से नवीं कक्षा क्या, मैट्रिक का सर्टिफिकेट भी मिल सकता है। और भई, हमने तो पहले ही कहा था कि ऐसी अच्छी ट्यूशन भाग्य से ही मिलती है। जब सामनेवाला खुशामद कर रहा है तो हमें क्या, सीखे न सीखे, हमारी बला से : हम तो, जितना समय तय हुआ है, पढ़ाकर आ जाते हैं। अच्छा, कुन्ती, कितना लोगी?"

मिसेज़ नाथ के शब्द कुन्ती को बुरी तरह बेध रहे थे। बिना मुड़े ही उसने जवाब दिया : "मैंने लेन-देन की कोई बात नहीं की। एक महीने में यदि वह कुछ सीखेगी तो पढ़ाऊँगी, नहीं तो छोड़ दूँगीं" और उसे लगा कि मिसेज़ नाथ के चेहरे पर फिर वही व्यंग्यात्मक मुस्कुराहट फैल गई है, मानो वह कह रही हों—अभी नई-नई हो, इसलिए कह रही हो, धीरे-धीरे अपने-आप रास्ते पर आ जाओगी।

क्या सचमुच कुन्ती भी एक दिन मिसेज़ नाथ जैसी हो जाएगी?...घर जाकर कुन्ती ने चाय पी और सावित्री के यहाँ चलने की तैयारी करने लगी। चाय वह हमेशा पापा के साथ बैठकर ही पीती थी और उनकी तबीयत का हाल भी जान लेती थी। यों नौकर अच्छा है, फिर भी उसने रमा बुआ को लिख दिया है कि वे गाँव से आ जाएँ। उसका तो बहुत सा समय बाहर निकल जाता है। घर का कोई आदमी पापा के पास होना ही चाहिए। वह उठने लगी तो पापा ने कहा : "अभी तो स्कूल से आई है, थोड़ी देर आराम कर ले।"

वह वैठ गई। वह जानती है कि देर कर देने से ट्राम-बस में ऑफ़िस की भीड़ हो जाती है, घुसना असम्भव हो जाता है; फिर भी पापा की बात

टालना नहीं चाहती। उसके इस दोहरे परिश्रम से पापा यों ही काफी दुखी हैं। इस सबके लिए वे अपने को ही दोषी समझते हैं। कुन्ती उनके दुःख को किसी प्रकार भी नहीं बढ़ाना चाहती। इस बीमारी ने कितना विवश, कितना निरीह बना दिया है पापा को!

एक महीना पढ़ाकर कुन्ती को लगा कि सावित्री को वह अब न पढ़ा सकेगी। डेढ़ घंटा पढ़ाने के लिए पूरा डेढ़ घंटा और उसे बस में बिगाड़ना पड़ता है। और इस प्रकार स्कूल के बाद पूरे तीन घंटे सावित्री के नाम अर्पण हो जाते हैं। उसके बाद वह इतनी थक जाती है कि किसी पत्रिका की दो पंक्तियाँ भी उससे नहीं पढ़ी जातीं। कल जब वह लेटी थी तो उसने देखा था कि वॉयलिन पर धूल की हल्की-सी परत जम गई है। उसका मन टीस उठा था। उसने धूल पोंछी, पर चाहकर भी बजाने के लिए वह ऊपर न जा सकी थी। बस, एकटक उसे देखती रह गई थी और उसे लग रहा था कि यदि ज़िन्दगी का यही रवैया रहा तो वह शायद फिर कभी वॉयलिन न बजा सकेगी। इस कल्पना से उसकी आँखें छलछला आई थीं। नहीं, नहीं, जो भी होगा वह सहन कर लेगी, पर कल ही सावित्री की माँ से कह देगी कि वह अब पढ़ा न सकेगी। और, सचमुच ही दूसरे दिन कुन्ती ने जाकर सावित्री की माँ से कहा : "देखिए, मैंने अपनी ओर से भरसक प्रयत्न किया, पर लगता है, सावित्री को पढ़ाना मेरे लिए सम्भव न होगा।" सारे रास्ते वह संकल्प-विकल्प करती रही थी, एक महीने के मिले हुए दो सौ रुपयों से घर की आर्थिक स्थिति कितनी सँभल जाएगी, यह भी उसके सामने था; पर फिर भी उसने कह ही दिया।

"यह क्या बहनजी? आपके भरोसे तो हमने नया स्कूल शुरू करवाया। आपके पास पढ़कर इसका मन कुछ-कुछ लगने लगा था...ऐसा तो मत करिए। एक बार बस किसी तरह दसवीं में पहुँचा दीजिए।"

"मैं बेहद थक जाती हूँ। दूर भी तो बहुत आना पड़ता है। फिर पापा बीमार हैं, उनकी देख-भाल, दवा-दारू करने के लिए भी तो मैं ही हूँ।" पर कुन्ती को स्वयं लगा कि बात के अन्त तक आते-आते उसके स्वर की दृढ़ता जाती रही है।

"दूर तो है," कलाई में हीरे की चूड़ी नचाती हुई सावित्री की माँ बोली : "पर एक साल तो अब आप निभा ही दीजिए!" फिर कुछ रुकते-रुकते बोली : "न हो, मैं गाड़ी का प्रबन्ध कर दूँगी; और क्या कर सकती हूँ?"

कुन्ती अवाक्-सी उसका चेहरा देख रही थी...दो सौ रुपए और गाड़ी!

"बात यह है बहनजी, कि सावित्री की बात एक बहुत बड़े घर में चल रही है। उन लोगों की एक ही ज़िद है कि लड़की दसवीं हो जाएगी तो शादी करेंगे। आप किसी-न-किसी तरह दसवीं में पहुँचवा दीजिए, फिर तो सँभाल लेंगे। अब आजकल के लड़कों को भी क्या कहें, और यह सावित्री भी है कि आपके सिवाय किसी से पढ़ने को राजी ही नहीं होती। आप आइए, गाड़ी का प्रबन्ध कर दूँगी।"

उस दिन कुन्ती गाड़ी में बैठकर घर लौटी। जैसे ही गाड़ी कोठी के फाटक में घुसी, उसने देखा, मकान-मालिक के यहाँ वाले मास्टर साहब रिक्शे में सामान लदवाए चले आ रहे हैं। अपने को गाड़ी में पाकर उसका मन गर्व और आत्म-सन्तोष से भर गया। उसने ट्यूशन भी की तो आत्मसम्मान के साथ की। बड़ी कोठी को पार करके वह अपने घर के सामने उतरी। पापा ने सुना, तो वे भी प्रसन्न हुए।

दूसरे दिन, सन्ध्या को जब वह गाड़ी में बैठकर सावित्री के यहाँ जा रही थी, तो उसने पहली बार देखा कि वह रास्ता कितना सुन्दर है। ठसाठस भरी हुई बस में धक्के खाते समय शायद अपने को सँभालने की चिन्ता ही अधिक रहती थी और काम से लौटते हुए, सट-सटाकर खड़े प्राणियों के पसीने की दुर्गन्ध से सिर भन्नाता रहता था। उन सबको पार करके रास्ते का सौन्दर्य देख पाना क्या कोई सरल काम था? थोड़े दिनों में तो उसे लगने लगा—काश, वह स्कूल भी गाड़ी में ही जा पाती!

टुन्नी का मन अब लग गया था। मामा ने ख़बर दी थी कि वह पढ़ाई में अच्छा चल रहा है। पापा की तबीयत कभी ठीक, कभी ख़राब, यों ही चलती। बोलना उन्होंने एक प्रकार से बन्द ही कर दिया था। उनकी

देखभाल के लिए रमा बुआ आ गई थीं। कुन्ती के लिए वही स्कूल, घर, सावित्री...सारा घर जैसे एक ढर्रे पर चल रहा था। मन जब बहुत ऊबता तो रात में ऊपर जाकर घंटों वॉयलिन बजाती, यही तो उसके नीरस जीवन का एक आधार था।

उस दिन कुन्ती सावित्री को पढ़ाकर घर के लिए काम दे रही थी कि माँ ने एक बच्चे के साथ प्रवेश किया : "बहनजी, यह सावित्री का भानजा है। अब से मेरे पास ही रहेगा। इसे कल ही स्कूल में डाला है। सावित्री के बाद थोड़ी देर इसे भी देख लिया करिए!" कुन्ती को बोलने का अवसर दिए बिना ही वह बोले चली जा रही थी : "बड़ा प्यारा बच्चा है, मीठी-मीठी बातें करके आपका मन मोह लेगा। नमस्ते करो, मुन्नू!" और उस बच्चे ने अपने छोटे-छोटे हाथ जोड़ दिए।

कुन्ती न हाँ कह सकी, न ना। अब सावित्री के बाद आधे घंटे के करीब वह बच्चे को भी पढ़ाने लगी। सन्तोष और तसल्ली यही थी कि उसके बाद उसे गाड़ी घर तक छोड़ने आती थी। गाड़ी में बैठकर ठंडी हवा का झोंका उसके बदन को सहलाता और इस अतिरिक्त काम के बोझ को अपने साथ बहा ले जाता।

धीरे-धीरे यह सिलसिला बढ़ता गया। सावित्री के छोटे भाई-बहन में से कोई-न-कोई अब आता ही रहता। कभी किसी को घर का काम पूछना रहता था, तो किसी को टेस्ट की तैयारी करनी रहती थी। माँ बस इसी बात का ध्यान रखती थी कि सावित्री जब तक पढ़े, कोई बच्चा कमरे में न जा पाए। कभी-कभी तो माँ स्वयं उसके पास आकर बैठती, सावित्री की पढ़ाई की बात पूछती, पापा की तबीयत के बारे में पूछती, घर की और बातें पूछती और फिर कुन्ती के धैर्य की, उसके साहस की तारीफ़ करती हुई चली जाती। शुरू-शुरू में कुन्ती को यह सब बहुत अटपटा लगता था, फिर धीरे-धीरे वह इन सबकी अभ्यस्त हो गई।

रात को जब वह लेटी तो उसे टुन्नी की बड़ी याद आ रही थी। आज स्टाफ-रूम में देखे हुए एक सिनेमा पर बड़ी बातें होती रही थीं। टुन्नी के जाने के बाद कितना नीरस हो गया है उसका जीवन! बिस्तर पर लेटे हुए

पापा और काम में व्यस्त बुआजी। उसके बराबर की और लड़कियाँ कितनी मौज करती हैं! घूमना-फिरना, सैर-सपाटे, हँसी-मजाक...उसके जीवन में तो यह सब दूर-दूर तक भी नहीं है।...क्या कभी भी नहीं होगा? क्या उसका सारा जीवन यों ही निकल जाएगा? जितना रुपया वह कमाती है, उसमें कितने ठाठ से वह रह सकती है! पर वह तो जानती ही नहीं कि ठाठ क्या होता है, मौज क्या होती है। पापा क्या अब कभी अच्छे नहीं होंगे?...कितने दिन तक वे इस तरह पड़े रहेंगे?...टुन्नी होता तो वह कल ही उसके साथ सिनेमा जाती। कब टुन्नी बड़ा होगा और उसके कन्धों का भार हल्का करेगा? सच, अब तो वह ऊब गई है।

सामने वॉयलिन लटका हुआ था। अब वह बजा नहीं पाती, उसे देखती रहती है। उसे एकटक देखते रहना भी सान्त्वना देता है। कितना कम हो गया है उसका वॉयलिन बजाना! जब-जब समय मिलता है तो उसकी धूल पोंछ देती है। कभी-कभी तो उसका मन करता है कि स्कूल, घर—सब छोड़कर, अपना वॉयलिन लेकर कहीं चली जाए और इतना बजाए, इतना बजाए कि उसका अस्तित्व ही मिट जाए। वह कुन्ती न रहे, बस संगीत की एक स्वर-लहरी बन जाए, उसी में मिल जाए!

दिसम्बर की छुट्टियों में टुन्नी आया। उसके आने से ही जैसे घर चहक उठा। पापा प्रसन्न, कुन्ती प्रसन्न। घर की एकरसता टूट गई। आते ही उसने फरमाइश की कि क्रिकेट का टेस्ट मैच देखेंगे। अभी भी क्रिकेट के लिए उसका पागलपन जैसे-का-तैसा बना हुआ था। पिछले साल सारे दिन क्रिकेट खेल-खेलकर ही तो फेल हुआ था। पर इस बार कुन्ती ने टिकट का प्रबन्ध करने के लिए ज़मीन-आसमान एक कर डाला। उसकी बड़ी इच्छा थी कि जैसे भी हो, टुन्नी को वह मैच देखने के लिए भेज दे। इसी बहाने वह अपने परिचितों के घर भी हो आई, वरना आजकल तो मिलना-जुलना भी छूट गया था।

पर किसी तरह भी टिकट का प्रबन्ध नहीं हो सका। वह समझ नहीं

पा रही थी कि लोगों पर ऐसा पागलपन कैसे सवार हो जाता है इस खेल को लेकर! किसी चीज़ का नशा भी होता है, यह सब वह जैसे धीरे-धीरे भूलती जा रही थी। उसने टुन्नी को समझा दिया कि कमेंट्री सुनकर ही सन्तोष कर लेना।

सावित्री के यहाँ पढ़ाने गई तो सावित्री ने डरते-डरते कहा : "बहनजी, कल मत आइए, हम मैच देखने जाएँगे।"

"अच्छा, तुम लोगों को टिकट मिल गए? मेरा छोटा भाई भी आया हुआ है इलाहाबाद से, पागल हो रहा है; पर किसी तरह टिकट का इन्तजाम नहीं हो सका।"

"माँ से पूछूँ, शायद एकाध ज़्यादा हो।" और सावित्री दौड़ गई।

कुन्ती सोच रही थी, उसे इन लोगों का ख़याल क्यों नहीं आया अभी तक?

माँ आई, टेलीफोन किया और कहा : "आप उसे तैयार रखिए नौ बजे। बच्चे गाड़ी में उधर से ही उसे लेते जाएँगे।"

कुन्ती प्रसन्न हो गई। टुन्नी सुनेगा तो कितना प्रसन्न होगा! वह जबर्दस्ती इन लोगों से खिंची-खिंची रहती है। कितना अपनापन रखती है बेचारी! पापा के बारे में भी हमेशा पूछती रहती है, कहती रहती है, किसी भी तरह की जरूरत हो तो कहिएगा। वह व्यवहार में क्यों जरूरत से ज़्यादा रूखी है?

टुन्नी इलाहाबाद लौट गया। उसी सप्ताह दो बार पापा की तबीयत बहुत ख़राब हुई। कई दवाइयाँ बदलीं, विशेषज्ञ को भी बुलाना पड़ा और न चाहकर भी कुन्ती को फिर बैंक से पाँच सौ रुपए निकालने पड़े। आखिर वह क्या करे?...अब बचे ही कितने हैं, वे भी समाप्त हो जाएँगे, तब? कुन्ती को कुछ नहीं सूझता कि तब वह क्या करेगी!

सावित्री के छमाही इम्तिहान का फल निकलनेवाला है। वह पहले से कुछ सुधरी है, पर नवीं में वह पास नहीं हो सकती, यह कुन्ती जानती है।

उसने तो पहले भी कहा था, पर माँ को एक ही ज़िद है कि जैसे भी हो, उसे दसवीं में भेजना है। तो वह क्या करे? वह पूरा परिश्रम करती है, जी-जान लगाकर पढ़ाती है। परीक्षा-फल अच्छा नहीं निकला तो माँ क्या कहेगी?

वह पहुँची तो पहले माँ से ही मुलाकात हुई : "लीजिए, आपकी ही बात कर रही थी। इस बार मेरा एक काम आपको करना होगा।"

कुन्ती की जिज्ञासु आँखें माँ के चेहरे पर टिक गईं। मेज़ की दराज में से एक थैला निकालकर वह बोली : "उस दिन आपका भाई जैसा स्वेटर पहने था, वैसा एक मेरे लिए भी बना दीजिए। मैं तो यह काम जानती नहीं। उसका स्वेटर मुझे बहुत ही पसन्द आया।" बाहर से किसी के बुलाने पर माँ थैला मेज़ पर छोड़कर चली गई और फिर लौटकर आई ही नहीं।

कुन्ती लौटी तो उसके हाथ में ऊन का थैला था। घर आते ही बुआ ने बताया : "डॉक्टर साहब आए थे, एक नुस्ख़ा दे गए हैं।" उसने बिना देखे ही नुस्ख़ा पर्स में पटक दिया। पापा के पास पहुँची तो वे आँखें बन्द किए सो रहे थे। एक क्षण वह उनके मुरझाए ज़र्द चेहरे को देखती रही, फिर भारी मन से लौट आई। उस रात उसने खाना भी नहीं खाया। चुपचाप पड़ी-पड़ी वॉयलिन को ही देखती रही। फिर आँखें मूँदीं, तो कोरों से आँसू ढुलक पड़े।

आख़िर जिस बात का डर था, वही हुआ। सावित्री छमाही इम्तिहान में फेल हो गई। कुन्ती पहुँची तो देखा, सावित्री रो रही थी और माँ का पारा चढ़ा हुआ था। कुन्ती को देखते ही बोली : "यह देखिए, यह निकला रिजल्ट! आप तो कहती थीं कि अब सुधर रही है, निकल जाएगी। सभी में तो फेल है! नहीं, बहनजी, अब तो यह पढ़ाई छुड़ानी ही पड़ेगी...पढ़ना-लिखना इसके बस का नहीं! फिर वह सगाई की बात भी ख़त्म हुई, अब कौन पानी की तरह रुपया बहाए!"

"देखूँ," कुन्ती ने रिपोर्ट हाथ में लेते हुए कहा : "पेपर्स इतने ख़राब

तो नहीं किए थे कि सभी में फेल हो जाती।'' पर उसे रिपोर्ट में लाल धब्बों के सिवाय कुछ भी दिखाई नहीं दे रहा था। सावित्री की रिपोर्ट के लाल धब्बे, पापा के कफ में खून के लाल धब्बे...सब जगह बस लाल...लाल...

''मैं तो अभी भी कहती हूँ कि आप एक बार इसके स्कूल जाइए, इसकी टीचरों से मिलिए। स्कूल जाने से बात ही दूसरी हो जाती है। कुछ उम्मीद हो तो पढ़ाई जारी रखें, नहीं तो किस्सा ख़त्म करें।''

और कुन्ती सोच रही थी, उसके घर आकर उसकी ख़ुशामद करनेवाली माँ और यह माँ क्या एक ही हैं?

''मैं स्कूल जाकर पता लगाऊँगी, बात करूँगी। वार्षिक परीक्षा में तो इसे पास करवाना ही है।''

''अब आप जिम्मा लें, तभी पढ़ाऊँगी! जैसे भी हो, पास करवा दीजिए!''

कुन्ती जानती है कि ऐसा जिम्मा कोई नहीं ले सकता, और ले तो निभा नहीं सकता। फिर भी उसने कहा कि वह पूरी कोशिश करेगी।

और सचमुच कुन्ती सावित्री के स्कूल गई। सौभाग्य से वहाँ की अध्यापिकाओं में एक पुरानी परिचिता मिल गई। पर वहाँ वह पूछताछ के अतिरिक्त कर ही क्या सकती थी?

वह सावित्री को और ज़्यादा मेहनत से और अधिक समय देकर पढ़ाने लगी।...अभी सावित्री का पढ़ना बन्द हो जाए तो? इस 'तो' के बारे में तो वह सोच ही नहीं सकती!

गर्मियाँ आईं तो कुन्ती के नीरस, बोझिल, उदास दिन और भी लम्बे हो गए। अब उसे न पापा की बीमारी की चिन्ता थी, न स्कूल के काम में कोई दिलचस्पी थी, और न सावित्री को पढ़ाने में, फिर भी वह मशीन की तरह सब करती थी। अब सावित्री की माँ की कोई भी बात उसे बुरी नहीं लगती। लौटते समय कभी कोई बच्चा साथ हो जाता और माँ आजकल के ज़िद्दी बच्चों को कोसती हुई कह देती : ''बहनजी, ज़रा दो मिनट को उतरकर इसे

जूता दिलवा दीजिएगा। ये ड्राइवर लोग तो ठगा लाते हैं।...बच्चे भी क्या हैं, बात मुँह से पीछे निकलती है, चीज़ पहले चाहिए!"

कुन्ती दिलवा देती।

अब टुन्नी आ जाएगा। वह बेसब्री से टुन्नी की प्रतीक्षा कर रही थी। उसके आने से स्थिति में किसी तरह का भी अन्तर पड़नेवाला नहीं था, फिर भी वह उसकी प्रतीक्षा कर रही थी। कितनी ही बार उसने पड़े-पड़े सोचा कि टुन्नी के आते ही वह कहेगी : "टुन्नी, ले, अब तू सँभाल। मैं नहीं जानती, तू छोटा है या बड़ा...जो तेरी समझ में आए, कर। मैं कहीं जाती हूँ। पापा का ठेका मैंने अकेले तो नहीं लिया। जब तक मुझमें दम रहा, मैंने सँभाला...अब एक दिन भी मुझसे नहीं सँभलता..." और जब-जब उसने ऐसा सोचा, वह घंटों रोई। पापा से वह क्यों ऊब गई थी?...क्यों जाने-अनजाने मानने लगी थी कि या तो पापा अच्छे हो जाएँ या फिर...

सावित्री को पास कराने के लिए उसने रात में देर-देर तक जागकर प्रश्नों के उत्तर लिखे और उसे रटवाए। इम्तिहान के दिनों में वह सवेरे-शाम, दोनों समय पढ़ाने गई। इतना सब करने पर भी पता नहीं वह पास होगी या नहीं?

अचानक एक दिन पापा को जोर की कै हुई और सारा फर्श खून से भर गया। कुन्ती सकते में आ गई। बुआजी ने रो-रोकर घर भर दिया। डॉक्टर, दवाई, इंजेक्शन, भाग-दौड़...पागलों की तरह कुन्ती ने सब किया। वह खुद नहीं जानती, उसमें इतनी शक्ति कहाँ से आ गई।

विशेषज्ञ के कहने पर पापा अस्पताल में भरती करवा दिए गए। कुन्ती अस्पताल से लौटी तो बुआ ने सारा घर धो रखा था। घर में पैर रखते ही उसे एक विचित्र सी अनुभूति हुई। लगा, जैसे वह उन्हें कुछ दिनों के लिए अस्पताल में नहीं छोड़कर आई है, वरन् हमेशा-हमेशा के लिए कहीं छोड़कर आई है, जैसे वे अब कभी नहीं लौटेंगे...वह सिहर गई।

टुन्नी को तार देकर बुला ले? नहीं...दो दिन बाद उसकी परीक्षा समाप्त होगी, तभी बुलाएगी। कहीं बीच में ही आ गया तो यह साल फिर ख़राब हो जाएगा। एक साल तो पहले ही ख़राब हो चुका है।

दो दिन बाद ही कुन्ती को सावित्री की माँ से जाकर पाँच सौ रुपए माँगने पड़े। माँ ने रुपए दे दिए। उसने जल्दी से उन्हें लौटाने का आश्वासन दिया। इम्तिहान हो चुके थे, सो, पढ़ाने का काम इतना नहीं था, यों ही इधर-उधर का कुछ करवाकर कुन्ती लौटी, तो माँ ने कहा : "बहनजी, अब तो सावित्री का रिजल्ट निकलनेवाला है। आप एक बार ज़रा स्कूल में देख आइए न! ऊँच-नीच हो तो अभी कुछ करवा डालिए, रिजल्ट निकलने के बाद बड़ी मुश्किल हो जाती है। अभी जाना चाहें तो गाड़ी नीचे खड़ी है।"

"जी, इस समय तो अस्पताल जाना है। फिर मैं सोचती हूँ, इस बार वह वैसे ही पास हो जाएगी।"

"कोई भरोसा नहीं, बहनजी, कल आप स्कूल के समय आकर चली जाइए। यह सब करवाने का ज़िम्मा अब तो आपका ही है। कुछ देने-लेने की बात भी हो तो कोई चिन्ता नहीं। उस स्कूल में सब चलता है, बस, ज़रा बात करने का ढंग चाहिए।"

"जी, कल जाकर देखूँगी। मैं तो सोचती हूँ कि वह यों ही पास हो जाएगी।"

"सोचिए-साचिए मत, आप चली ही जाइए!" उतरते-उतरते कुन्ती ने सुना।

रात में सोई तो सोच रही थी कि ये पाँच सौ रुपए कैसे चुकाएगी? मामा को लिख दे कि गाँव का मकान बेच दें?...मामा को एक बार कम-से-कम आकर देखना तो चाहिए था।...आज कितना असहाय वह अपने को महसूस कर रही थी! इतनी बड़ी दुनिया में क्या कोई भी ऐसा नहीं है जो उसकी पीठ पर आश्वासन-भरा हाथ रखकर दो शब्द सान्त्वना के ही कह दे? रोते-रोते उसकी हिचकियाँ बँध गईं। अचानक ही उसके मुँह से निकला : "हे भगवान! अब तो तू पापा को उठा ले! मुझसे बर्दाश्त नहीं होता! मैं टूट चुकी हूँ।..." और फिर उसने दोनों हाथ कसकर मुँह पर रख लिए, मानो मुँह से निकली हुई इस बात को वापस धकेल देना चाहती हो।

सामने वॉयलिन लटका था, उस पर धूल की मोटी सी परत जम गई थी। वॉयलिन बजाना तो उसका कभी का छूट चुका था, जब-तब उसकी

धूल पोंछ दिया करती थी, सो वह भी छूट गया। कितने दिनों से उसने धूल नहीं पोंछी। आज भी उससे नहीं उठा जा रहा है। क्या होगा केवल धूल पोंछकर? अब क्या वह कभी वॉयलिन बजा पाएगी?

टेलीफोन करके, इधर-उधर से कोशिश करके सावित्री की माँ ने पता लगा लिया कि सावित्री दो विषयों में फेल है। एक विषय में फेल होती तो उसे चढ़ा दिया जाता, पर अब उसे नहीं चढ़ाया जाएगा। एक विषय में जैसे भी हो उसे पास करवाना ही है। कुन्ती जब पहुँची तो माँ ने उसे बैठने भी नहीं दिया : ''बहनजी, यह मैंने पता लगा लिया, वरना सावित्री तो फेल हो ही जाती। आपने तो कह दिया, पास हो जाएगी। अब आप तुरन्त ही गाड़ी लेकर जाइए, अपनी पहचानवाली बहनजी से, बड़ी बहनजी से बात करिए, इधर-उधर कोशिश करके पास करवाकर आइए; नहीं तो हमारे इतने रुपयों पर पानी फिर जाएगा, साल ख़राब हुआ सो अलग।''

''किन दो विषयों में फेल हो गई?''

''वहाँ जाकर पता लगाइए। फेल हुई है, यह तय बात है। आपने जिम्मा लिया था, अब तो पूरा करना ही पड़ेगा। आख़िर...''

कुन्ती से कोशिश करके भी कुछ नहीं बोला गया।

''गाड़ी नीचे ही खड़ी है। देर करने से अब काम नहीं चलेगा। दो दिन बाद तो रिजल्ट ही निकल जाएगा। फिर कितनी मुश्किल होगी कुछ करवाने में! और हाँ, न हो तो कुछ रुपए लेकर जाइए, ढंग से बात करने से सब कुछ हो जाता है इस स्कूल में...हमने नवीं में भरती करवा ही दिया था, आप अब चढ़वा दीजिए!''

कुन्ती बिना बोले चुपचाप नीचे उतर गई। सबसे पहले वह अपनी परिचिता के पास गई। पर वह समझ ही नहीं पा रही थी, वह क्या कहे, कैसे कहे? उसकी मित्र काम करते हुए भी इधर-उधर की बातें कर रही थी : ''तुम बहुत दुबली दिखाई दे रही हो...पापा कैसे हैं...'' आदि-आदि।

कुन्ती स्वयं नहीं जानती, उसने क्या कहा, कैसे कहा। बस, इतना ही उसे याद है कि वह एक अध्यापिका से और मिली थी, प्रधानाध्यापिका से भी मिली थी। उनसे मिलने के लिए काफी देर तक उसे बाहर प्रतीक्षा करनी

पड़ी थी। वह बैठी भी रही थी। उसे याद नहीं कि उसे उनसे कुछ आश्वासन भी मिला था या नहीं। उसे यह भी पता नहीं था कि लौटकर माँ से वह क्या कहेगी।

नीचे उतरी तो प्यास से उसका गला बुरी तरह सूख रहा था। मई की गर्मी भी कितनी भयंकर होती है! उसने चपरासी से पानी माँगा। उधर से एक भारी-भरकम महिला हँसती हुई पेपर्स का बंडल लिए गुज़री। कुन्ती को लगा, यह महिला मिसेज़ नाथ से कितनी मिलती-जुलती है!

चपरासी ने पानी लाकर दिया तो एक साँस में ही वह सारा गिलास खाली कर गई। पता नहीं, जल्दी पीने के कारण या क्यों उसे बड़े ज़ोर की खाँसी आई। वह खाँसती ही चली गई...खों-खों-खों...यहाँ तक कि उसका मुँह लाल हो गया और आँखों से पानी निकलने लगा। एक हाथ से छाती दबाए और दूसरे से रूमाल मुँह पर रखे वह गाड़ी की ओर बढ़ी। खाँसी बन्द हुई, पर फिर भी उसके कानों में जैसे वही आवाज गूँजती रही...खों-खों-खों...

एकाएक कुन्ती को लगा कि उसकी यह खाँसी, यह खोखली-खोखली आवाज, पापा की खाँसी से कितनी मिलती-जुलती है...हूबहू वैसी ही तो है!...सहमकर उसने गाड़ी के शीशे में देखा, कहीं उसके चेहरे पर भी वैसी ही मुर्दनी तो नहीं जो उसके पापा के चेहरे पर है...?

तीसरा आदमी

पाजामे को मोड़कर उसमें क्लिप लगाते हुए सतीश बोला : "तुमने तो सारा कमरा ही अस्त-व्यस्त कर रखा है, कहीं बैठने तक की तो जगह नहीं है। तुम ठीक-ठाक करो, तब तक मैं ज़रा बाहर ही घूम आता हूँ।"

हाथ में झाड़ू लिये-लिये ही शकुन ने उसे भरपूर नज़रों से देखा : "देख रही हूँ, तुम्हें आलोकजी का आना अच्छा नहीं लग रहा है।" आवाज में हल्की सी तल्ख़ी थी, जिसे भौंहों पर पड़े बल ने और भी स्पष्ट कर दिया था।

"मुझे? मैंने तो ऐसा कुछ नहीं कहा!" और उसने यों ही स्टैंड के सहारे खड़ी साइकिल के पैडिल पर ज़ोर से पैर मारा, तो पीछे का पहिया ज़ोर से घन्ना उठा।

"सब कुछ कहा ही नहीं जाता है। कुछ बातें होती हैं, जो शब्दों के बिना भी शब्दों से ज़्यादा स्पष्ट होती हैं। फिर मैं कोई बच्ची नहीं, तुम्हारी हर बात को खूब समझती हूँ।" और वह ज़ोर-ज़ोर से झाड़ू मार-मारकर दरी की धूल झाड़ने लगी।

एक क्षण को सतीश की समझ में नहीं आया कि वह क्या कहे, क्या करे? बड़ी कातर-सी नज़र से उसने शकुन को देखा और फिर साइकिल ठेलता हुआ सीढ़ियाँ उतरकर सड़क पर आ गया।

बाहर आकर एकाएक उसे लगने लगा जैसे आलोक का आना उसे सचमुच ही अच्छा नहीं लग रहा है। दो दिन से मन पर जो हल्की सी

खिन्नता छाई हुई है, वह कहीं 'अच्छा न लगना' ही तो है। वह शायद इस भावना को नाम नहीं दे पा रहा था, शकुन ने दे दिया।

शकुन के मन में बड़ा उत्साह है। कल से ही लगी हुई है, सारा घर ठीक करने में। और कल से उसे बड़ा अफ़सोस हो रहा है कि क्यों नहीं उसने बड़ा घर लेने की बात मान ली? अब इस एक कमरे को ही बड़ा करने के चक्कर में उसने न जाने कितना फालतू सामान हटा दिया है। अपने घर को बिल्कुल नया रूप, नया जीवन देने पर तुली हुई है जैसे!

"नया रूप, नया जीवन?" कमरे के लिए ये शब्द कितने बेतुके हैं! उसे इन शब्दों का ख़याल ही क्यों आया? उसे खुद लगने लगा कि बहुत भीतर कहीं कुछ हो रहा है, जो उसे एबनॉर्मल बनाता जा रहा है। तभी तो उसने कुछ नहीं कहा, फिर भी शकुन भाँप गई।

उसने देखा, वह शुक्ला के घर के सामने आ गया है। चलते समय उसने कुछ भी नहीं सोचा था कि वह कहाँ जाएगा! बस, घर में बैठने की जगह नहीं थी, सो चल पड़ा था। कुछ देर शुक्ला के यहाँ ही बैठ ले! उसने पैर ज़मीन पर टिका दिए, पर दो मिनट तक वह तय नहीं कर पाया कि वह शुक्ला के यहाँ जाए या आगे बढ़ जाए। नहीं, उसे कहीं नहीं बैठना है। वह इस समय एकान्त में बैठकर अपने मन में ही झाँकेगा; जो कुछ भी अनुचित, अस्वाभाविक वहाँ है, उसे जाने-समझेगा। शायद इससे उसकी मानसिक स्थिति कुछ सुधरेगी। वरना यदि वह कल भी इसी तरह ऊटपटाँग व्यवहार करने लगा, तो कितनी भद्दी बात होगी! फिर यह आनेवाला व्यक्ति लेखक ठहरा, जरूर बड़ी पैनी नज़र होगी उसकी।

उसने साइकिल आनासागर की ओर मोड़ दी। बजरंग-गढ़ पर चढ़ती भीड़ को देखकर उसे ख़याल आया, आज जरूर मंगलवार ही होना चाहिए। होना क्या चाहिए, है ही। तो वह क्या भूलने भी लगा है? क्या होता जा रहा है उसे?

सारी बारहदरी पार करके वह उसके अन्तिम सिरे पर आ गया। साइकिल में उसने ताला डाला और तालाब की ओर मुँह करके बैठ गया। सामने पानी में छोटी-छोटी लहरें उठ-बिखर रही थीं। एक लहर उठकर आगे

बढ़ती, पर किनारे तक आने से पहले ही दूसरी लहर धक्के से उसे बिखेर देती। वह कुछ देर लहरों का यह खेल ही देखता रहा।

कल आलोकजी आ रहे हैं। आलोकजी—जिन्हें वह जानता नहीं, जिन्हें उसने कभी देखा नहीं। वह शकुन के परिचित हैं और उसी के निमन्त्रण पर आ भी रहे हैं। शकुन ने उसे भी पत्र लिखने के लिए कहा था, दो दिन तक वह तय ही नहीं कर पाया था कि लिखे या नहीं। फिर शकुन एकाएक बिगड़ पड़ी थी, तो उसने उसी समय एक पोस्टकार्ड लिख दिया था, और अब वह आ रहे हैं। यों देखो तो बड़ी साधारण सी बात है, फिर भी उसे लगता था कि कहीं कुछ है अवश्य।

आलोकजी बड़े लेखक हैं। शकुन से ही उसने उनके बड़प्पन की बात सुनी है। बड़े आदमी हैं तो व्यस्त भी जरूर रहते होंगे, फिर आना स्वीकार कैसे कर लिया? शकुन से भी तो कोई विशेष परिचय नहीं। चार महीने पहले वह दो दिन के लिए जयपुर गई थी अपने भाई साहब के पास, वहीं शायद मिली थी, कुछ समय के लिए। उसके बाद पत्र आते-जाते हैं; कभी-कभी किताबों के पार्सल भी। शकुन की मेज़ पर आलोक की कई पुस्तकें जम गई हैं, जिन्हें वह हमेशा पढ़ती-सराहती रहती है।

पर शकुन कुछ ज़्यादा ही उत्साहित है। उत्साह क्या, आवेग में आई हुई है। शायद इसीलिए कि वही उन्हें जानती भी है और कोई बड़ा आदमी आता है, तो थोड़ा उत्साह-आवेग आ ही जाता है।

उसे याद आया—शकुन को इस घर में तीसरे आदमी की उपस्थिति असह्य हो जाती थी। कमरा एक ही था और जब कोई भी आ जाता, तो उसके सोने के लिए अलग जगह नहीं रह जाती और सोते समय शकुन से अलगाव नहीं सहा जाता। जिस साल शकुन बी.ए. की तैयारी कर रही थी, तो उसने गाँव से माँ को बुलवा लिया था। "घर माँ सँभाल लेंगी, तुम पढ़ने में लगी रहो, वरना यह दूसरी मेहनत तुम्हें मार देगी। कितना काम तुमको करना पड़ता है! सच, मैं तुम्हारे लिए..." पर शकुन रोती रही थी : "क्यों बेकार की बातें करते हो? तुम मुझसे चौगुना काम करवा लो, पर रात को तुम्हारी बाँहें नहीं छोड़ सकती। वहाँ आते ही सारी थकान मिट जाती है,

अगले दिन के लिए ताज़गी आ जाती है।'' और सतीश ने बड़े ढंग से माँ को वापस गाँव भेज दिया था।

एक बार उसका एक बड़ा पुराना मित्र आकर टिक गया था। शकुन शिष्टता की सीमा लाँघकर उसके साथ पेश आई। सतीश को उस बार तो गुस्सा भी आ गया था, पर शकुन की यह दुर्बलता भीतर-ही-भीतर उसे कहीं पुलकित भी करती रहती।

''मैं बी.टी. करके नौकरी कर लूँ, तब तुम दो कमरे का मकान ले लेना और जिसको चाहो बुलाना। यूँ भी अब तो किसी तीसरे आदमी को बुलाएँगे ही...आख़िर कब तक टालेंगे?''...और वह लजा पड़ी थी।

जिस दिन बी.टी. का रिजल्ट निकला था, वह और शकुन बेहद प्रसन्न थे और उस दिन पहली बार वे किसी तीसरे आदमी को लाने के लिए मनुहार करते रहे थे। तीन साल अपने को जब्त किया...अब और नहीं, अब और नहीं।

वे प्रतीक्षा करते और फिर नए सिरे से निराश हो जाते। जुलाई में शकुन को हायर सेकेंडरी स्कूल में नौकरी मिल गई। दो-तीन महीने अपने नए काम के बीच वह कुछ भूली रही। पर सतीश ने देखा कि धीरे-धीरे यह निराशा उसके भीतर-ही-भीतर कुछ तोड़ती-मरोड़ती चल रही है।

''अरे भाई, खाने पर आओ न, मैं बैठा हूँ।''

''तुम खा लो, मुझे आज खाना नहीं है।''

''क्या बात है, तबीयत तो ठीक है न?'' सतीश ने भीतर लेटी शकुन को दुलारते हुए पूछा।

''हाँ-हाँ, ठीक है। मैंने व्रत रखा है।''

''व्रत!'' सतीश ज़ोर से हँस पड़ा। ''यह व्रत तुम कब से रखने लगी हो?''

''अब से मंगल को रखा करूँगी। हनुमानजी का व्रत रखना चाहिए। तुम चाहे मज़ाक उड़ा लो, मैं तो मानती हूँ।''

सतीश एकाएक खिन्न हो आया था। वह अकेला ही खाने बैठा, तो उससे खाया नहीं गया। उस रात उसकी छाती पर सिर रखकर शकुन

बहुत-बहुत रोई थी : "मेरा मन नहीं लगता, मुझे बड़ा अकेला-अकेला लगता है।"

सतीश इस बात से दुखी नहीं, शकुन के दुख से जरूर दुखी था, पर कुछ भी उसकी समझ में नहीं आता कि वह क्या करे? और एक दिन शकुन ने कहा : "सुनो, आज मैं डॉक्टर के पास गई थी।"

"क्यों?" बड़े आश्चर्य से उसने पूछा।

"इधर कुछ दिनों से मुझे अपनी तबीयत ठीक नहीं लग रही थी, सोचा, दिखा दूँ।"

"मुझे तो तुमने अपनी तबीयत के बारे में कुछ नहीं बताया?" कुछ अविश्वास से उसने पूछा। शकुन यों अकेली डॉक्टर के पास चली जाय–कुछ नई बात थी।

"बताने जैसा कुछ होता तो बता देती, बस यों ही ज़रा भारीपन सा लगता था।"

"क्या बताया डॉक्टर ने?" डॉक्टर की बात सुनते ही उसका मन जाने कैसा-कैसा होने लगा था, पर अब आशा की एक हल्की सी लहर दौड़ गई। क्या शकुन कोई ख़बर सुनानेवाली है?

"कोई ख़ास बात नहीं।" बड़ा उदास स्वर था शकुन का। नहीं, ख़ुश होने जैसी कोई बात नहीं है।

"उसने तुम्हें बुलाया है।" शकुन फिर बोली।

"क्यों?" और वह ग़ौर से शकुन को देखने लगा। शकुन भी शायद उसकी नज़रों का सामना करना नहीं चाहती थी, मुँह किताब में ही गड़ाए रही।

"क्या हर्ज है, एक बार चले जाओ तो!" हिम्मत बटोरकर शकुन ने कहा।

सतीश को लगा–शकुन का यों अकेले डॉक्टर के पास जाना, उसे भी जाने के लिए कहना–जैसे भीतर-ही-भीतर कुछ घुनता जा रहा है। उसका मन हुआ, कोई तीखी सी बात कह दे, पर कही नहीं गई। कहा केवल इतना ही : "मुझे क्या हुआ है जो डॉक्टर के पास जाऊँगा? मुझे नहीं जाना है!"

और वह प्रतीक्षा करने लगा कि शकुन विरोध करे या ज़िद करे, तो फिर वह कुछ सुनाए। शकुन ने कुछ नहीं कहा।...कहती क्यों नहीं है साफ़-साफ़?

"तो शकुन उसे..." भीतर-ही-भीतर उसके कुछ सुलगने लगा। सामने लेटी शकुन उसे बड़ी अपरिचित और पराई सी लगने लगी। यही वह शकुन है जिसे उसने अपने प्राणों से ज़्यादा प्यार किया है...जिसे उसकी बाँहों का सहारा लिए बिना नींद नहीं आती। वही शकुन उस पर सन्देह करती है। उसे...वह...बिना कुछ बोले ही वह बाहर चला गया था। उसे सारी बात पर कभी गुस्सा आता, तो कभी दुःख होता, पर भीतर-ही-भीतर एक हल्का सा भय भी अनजाने ही उसके मन में समाता जा रहा था।

और उस दिन के बाद उस घर की छत के नीचे बिना बोले, बिना कहे बहुत-कुछ घट गया था। शकुन के भीतर कहीं कुछ मर गया था। जिस रात की प्रतीक्षा में सतीश पहले सारा दिन काटता था, बिना थके फाइलों से जूझता रहता था...उसी रात से अब वह डरने लगा।

उसके बाद जब भी दो कमरे का घर लेने की बात आती, बड़े बुझे-बुझे से स्वर में शकुन कहती : "क्या करना है बड़े घर का? दो जनों के लिए यह कमरा ही काफी है।" हाँ, लकड़ी का पार्टीशन अवश्य लग गया था और बाक़ायदा सोने और बैठने के दो कमरे बना दिए गए थे। शकुन बहुत कंजूस हो चली थी। जब-तब कहती : "कौन लम्बी-चौड़ी आमदनी है! इसी में से खर्च करना है, इसी में से बचाकर भी रखना है। बुढ़ापे में चार पैसे होंगे तो यही सहारा देंगे, वरना यहाँ कौन..." और सतीश का मन होता था कि इस बे-सिर-पैर की बकवास करने के लिए वह शकुन की जीभ खींच ले, पर भीतर-ही-भीतर दिन-प्रतिदिन बढ़नेवाला वह भय उसे कुछ भी नहीं कहने देता। क्या कहे वह?

और सबसे बड़ा परिवर्तन हुआ था कि सारा शरीर सतीश की बाँहों में छोड़कर भी शकुन कहीं और रहती थी। थोड़ी देर बाद वह उसकी बाँहों में से छूटकर करवट लेकर सो जाती : "मुझे नींद आ रही है।" और अपमानित-आहत सतीश करवटें लेता रहता और निश्चय करता कि वह शकुन को बिना बताए कल ही डॉक्टर के पास जाएगा और अपने को दिखा

आएगा। यह झूठा लांछन वह क्यों अपने ऊपर ले?

पर सवेरा आता, तो पता नहीं उसे क्या होता कि डॉक्टर के यहाँ जाने की उसकी हिम्मत नहीं पड़ती। मन के किसी कोने में छिपा हुआ वह भय फैलता जाता और उसके सारे निश्चय डिग जाते। वह साइकिल मोड़ लेता और सीधा ऑफिस ही पहुँच जाता।

संशय और द्वन्द्व से ग्रस्त, शकुन के दुख से दुखी और एक अजान आशंका से त्रस्त सतीश बस एक ही बात महसूस करता कि शकुन उससे दूर होती जा रही है—उसके शरीर से भी और मन से भी। कोई तीसरा प्राणी उनके बीच आ जाता, तो वे कितने पास आ जाते! उसके अभाव में, उसकी अनुपस्थिति में दिनों-दिन वे दूर-दूर ही होते जा रहे हैं।

पर कोई तीसरा प्राणी नहीं आया। हाँ, खाना बनाने के लिए एक बुढ़िया माँजी को सतीश ने ज़िद करके रख लिया। जब तक उस बड़े अभाव की पूर्ति नहीं हो जाती, वह शकुन के लिए सामर्थ्य-भर दूसरी सुख-सुविधाएँ जुटा देना चाहता था।

...एकाएक घंटों की आवाज के बीच बजरंगगढ़ की आरती का स्वर चारों ओर फैल गया। सतीश भी स्वर-में-स्वर मिलाकर गाने लगा। वह कई बार मंगल को शकुन के साथ बजरंगगढ़ आया है, उसे पूरी आरती याद है।

शकुन ने कमरा ठीक कर लिया होगा, अब चलना चाहिए। उसे एकाएक पछतावा होने लगा कि वह यहाँ क्यों आया? उसे भी शकुन के साथ कमरा ठीक करवाना चाहिए था। वह भी उतने ही उत्साह से काम करता तो शकुन कितनी प्रसन्न होती! वह क्या कहीं भी, कभी भी शकुन को प्रसन्न नहीं रख सकेगा?

पर वह क्या करे? उसे आज सचमुच कुछ अच्छा नहीं लग रहा है। आज क्या, उसे पिछले तीन-चार महीनों से कुछ भी तो अच्छा नहीं लग रहा। हाँ, शकुन जरूर कुछ प्रसन्न रहने लगी है। लगता है, जैसे उसने इस स्थिति को अपनी नियति मान लिया है। पर क्यों? दो वर्ष का समय कोई ऐसी अवधि तो नहीं है कि आदमी यों हताश हो जाए। उसके पास ऐसे लोगों की एक लम्बी लिस्ट है जिनके विवाह के पाँच-पाँच, सात-सात साल बाद

बच्चे हुए। पर शकुन तो जैसे कुछ भी सुनने-मानने को तैयार ही नहीं है। उसकी इस ज़िद के लिए क्या किया जाए?

ज़िद! क्या सचमुच यह ज़िद बिल्कुल ही आधारहीन है? और यदि है ही, तो क्यों नहीं वही उसे प्रमाणित करके उसे इस त्रास से मुक्ति दे देता? पर क्या हुआ है उसे जो वह डॉक्टर के पास जाए? वह बिल्कुल नॉर्मल आदमी है। ऐसा कुछ भी होता, तो क्या उसे पता नहीं लगता? क्या तीन साल तक शकुन को पता नहीं लगता? उसने कभी कुछ महसूस नहीं किया, तो फिर यह शंका उसके मन में आई ही क्यों?

पर वह एक बार चला ही क्यों नहीं जाता? नहीं, वह शकुन की इस झूठी और बेतुकी ज़िद के सामने अपने को यों अपमानित नहीं होने देगा; पर हर बार ही कहीं बहुत भीतर से एक प्रश्न सा उठता—क्या वह सचमुच शकुन की ज़िद के कारण ही ज़िद किए बैठा है, और कहीं कुछ नहीं है? किसी आशंका ने तो उसे नहीं रोक रखा है और यही आशंका धीरे-धीरे मन में गाँठ बनती चल रही थी। उसका खुद अपने पर से जैसे विश्वास उठने लगा था। उसे स्वयं शकुन का सन्देह कभी-कभी सच लगने लगता था। एक अपराध-भावना मन में घर करने लगी थी।

और तब उसने सोचा था कि शकुन को प्रसन्न करने के लिए वह सब कुछ करेगा। किसी भी कीमत पर वह उसे प्रसन्न रखेगा, पर बिना कुछ किए ही वह प्रसन्न रहने लगी, तो उसे लगने लगा कि वह कीमत उससे चुकाई नहीं जा रही है, बहुत भारी पड़ रही है।

उसने स्वयं आलोक के पत्र पढ़े हैं। उनमें उसे कहीं कुछ ऐसा नहीं लगा, जिससे वह आहत अनुभव करे—पर हमेशा उसे लगता है कि लिखे हुए शब्दों से परे भी कुछ है जरूर; वरना इन शब्दों में आख़िर ऐसा है ही क्या जो शकुन यों प्रसन्न रहती है?

घर लौटने की बात फिर उसके मन में आई। आठ-दस आवारा-से लोगों को छोड़कर भले आदमियों की भीड़ जा चुकी थी। हवा में ठंडक बढ़ती जा रही थी। सतीश ने खड़े होकर बड़े अलसाए भाव से एक ज़ोर की अँगड़ाई ली। सामने पानी के फैले विस्तार में अभी भी छोटी-छोटी लहरें उठ-बिखर

रही थीं। तीन तरफ़ पहाड़ियों से घिरा यह तालाब और उठती-बिखरती ये लहरें!

शादी के बाद अक्सर वह शकुन को लेकर यहाँ आया करता था। शकुन तब इंटर पास थी। वे बैठकर आगे की योजना बनाया करते थे और एक सौ दस रुपए में पूरा महीना काटने का बजट भी। उसे याद आया, यहीं शकुन ने उसे अपने पहले प्रेम-प्रसंग की बात भी सुनाई थी और बताया था कि वह कैसे केवल उसकी पलकों को ही चूमा करता था और उस दिन घर लौटते समय वह रास्ते-भर यही सोचता रहा था कि वह अब कभी शकुन की पलकें चूमे या नहीं? नहीं, वह कभी उसकी पलकें नहीं चूमेगा, वरना उसे अवश्य ही अपने उस प्रेमी की याद आएगी और वह नहीं चाहता, चाहता क्या शायद बर्दाश्त नहीं कर सकता कि शकुन उसके सिवा किसी और की बात सोचे। घर आकर उसने पूछा भी था : "अब भी तुम्हें कभी अपने उस प्रेमी की याद आती है?"

शकुन हँसी थी : "देखो, औरत यदि किसी से प्रेम करती है, तो उसकी बात ज़बान पर भी नहीं लाती। बात ज़बान पर आ गई, तो समझ लो, प्यार मर गया। वे सब तो निरे बचपने की बातें थीं।" और उसने सतीश के सीने पर सिर रखकर आँखें मूँद ली थीं।

एकाएक सतीश को याद आया—आलोक का पत्र आया था। शकुन पत्र पढ़ती जा रही थी और एक प्यारी-सी मुस्कान उसके चेहरे पर खिलती जा रही थी।

"ऐसा क्या लिख भेजा है लेखकजी ने...बड़ी मुस्कुराहट फूट रही है?"

"कुछ नहीं, यों ही।"

रात को फिर उसने आलोक का प्रसंग छेड़ा था, तो शकुन एक तरह से झल्ला-सी उठी थी : "क्या बात है, देखती हूँ आलोकजी से परिचय मेरा है, पर छाए वे आप पर रहते हैं।" यह उत्तर उसे भीतर तक चीर गया था।

तो?...सतीश को लगा, जैसे कोहरे से चारों ओर का वातावरण बड़ा बोझिल-बोझिल हो चला है। सामने का पानी एकाएक यों स्थिर हो गया, मानो उसमें कोई चेतना ही न रह गई हो।

अब यहाँ से चल ही देना चाहिए। साइकिल पर बैठते ही ठंडी हवा का अहसास तो हुआ, पर लगा, वह हल्का या अधिक सहज-स्वाभाविक होकर नहीं लौट रहा है।

घर को सचमुच नया रूप मिल चुका था।

"मैं बहुत थक गई हूँ।" कहकर शकुन करवट लेकर सो गई। पता नहीं, सो गई थी या सोने का बहाना करके पड़ी थी। नहीं, सो ही गई है शायद। उसने शकुन के चेहरे की ओर झुककर ज़रा ग़ौर से देखा। थकान के लक्षण दिखाई दे रहे थे। शकुन को यों सोता देखकर ढेर सा लाड़ उसके मन में उमड़ आया। भीतर-ही-भीतर उमड़ती-ऐंठती अपराध-भावना और ज़्यादा गहरा गई। मन का भय विश्वास का रूप लेकर गहरे उतरने लगा। सचमुच ही उसके भीतर कहीं कुछ है अवश्य। शकुन के साथ अन्याय ही हो रहा है। उसे कोई अधिकार नहीं, शकुन पर इस तरह सन्देह करने का या आरोप लगाने का।

औरत की यह कितनी स्वाभाविक इच्छा होती है कि वह माँ बने! मान लो, यह बात प्रमाणित हो जाए कि वह कभी शकुन को माँ नहीं बना सकता है, तो? जाने कैसा विचार उसके मन में आया कि वह भीतर तक सिहर गया। फिर वह अपने को जैसे तौलने लगा। क्या वह शकुन की इस इच्छा को पूरी करने में सहायक हो सकता है? क्या वह अपनी इस दुर्बलता के सामने घुटने टेककर ऐसी तटस्थ उदारता ला सकता है कि वह जैसे भी हो, अपनी इच्छा पूरी कर ले? मान लो, कभी ऐसा कुछ हो जाए, तो क्या वह उस बच्चे को स्वीकार कर सकेगा? नहीं, शायद शकुन की पलकों की तरह वह उस बच्चे को भी कभी नहीं छू सकेगा। जहाँ पर दूसरे की छाप है, उसे स्वीकार करना उसके लिए असम्भव है। किसी का बच्चा...

उसने झपटकर टेबल-लैम्प का स्विच दबा दिया। कमरे में एक क्षण को घुप्प अँधेरा छा गया, यहाँ तक कि पास लेटी शकुन की आकृति भी अँधेरे में डूबकर रह गई।

धीरे-धीरे फिर सब चीज़ें अपना रूप लेने लगीं। क्षण-भर को जो सब कुछ डूब गया था, फिर दिखाई देने लगा; स्पष्ट, और अधिक स्पष्ट! सतीश को बड़ी तसल्ली मिली। वह अपने कमरे में ही है और अँधेरे में भी सब कुछ देख सकता है। पहचान सकता है। कहीं कुछ नहीं बदला है, वह भी कैसी आधारहीन और निरर्थक बातों को बढ़ा-चढ़ाकर व्यर्थ ही भयभीत होता रहता है!

बाँहें फैलाकर उसने शकुन को अपने पास खींचकर जोर से भींचना चाहा। शकुन ने हल्का सा विरोध किया : "छोड़ो, बड़ी गर्मी लग रही है।"

फरवरी का महीना बीत ही गया था। सर्दी चाहे न हो, पर गर्मी का तो नाम भी नहीं था। कम्बल ओढ़कर ही सोते थे। उसे जून की वह बात याद आई। एक दिन ऐसे ही भयंकर गर्मी से चिपचिपाते हुए शकुन को उसने अलग कर दिया था, तो दूसरे ही दिन अपनी बचत के सारे पैसे सामने रखकर उसने कहा था : "आज ही एक टेबल-फैन ख़रीदकर लाओ। तुम तो जानते ही हो कि मुझे..." और वह बड़ी तिरछी नज़रों से देखकर हँस पड़ी थी।

उनके घर टेबल-फैन ऐसे ही आया था।

ताँगा चला तो सतीश का मन गहरे अवसाद में डूबने लगा। स्टेशन आते समय मन में विशेष उत्साह और प्रसन्नता चाहे न रही हो, पर ऐसी खिन्नता भी नहीं थी, डूबने-डूबने का यह अहसास भी नहीं था। अब उसकी नज़र पास बैठे आलोक के सीने की चौड़ाई में ही बँधकर रह गई और मन कहीं गहरे डूबने लगा।

"कैसा शहर है अजमेर?"

"आप खुद ही देख लीजिए, दो-चार दिन तो ठहरिएगा ही?"

"अरे नहीं साहब, आज रात को ही वापस लौट जाना है। शकुनजी का इतना आग्रह था, फिर आपका कार्ड मिला तो लगा, आना ही पड़ेगा।"

एक बोझ-सा हटा। ऐसे खुले व्यवहार का जन्म किसी रहस्य से तो हो

ही नहीं सकता। वह व्यर्थ ही बैठा-बैठा कुढ़ रहा है। यह उसका अपना ही हीन-भाव है और कुछ नहीं।

पर इसकी ये स्वस्थ भुजाएँ, उन पर उभरी मछलियाँ...इसका तो सभी कुछ बहुत स्वस्थ होगा।

सवेरे पता नहीं क्यों एकाएक शकुन ने अपना इरादा ही बदल दिया था : "मैं स्टेशन नहीं जाऊँगी, तुम्हीं जाकर ले आओ!"

कहीं थोड़ा आश्वस्त और सन्तुष्ट सा होते हुए भी उसने कहा था : "अरे वाह! यह भी कोई बात हुई भला! इतना आग्रह करके बुलाया है और अब लेने नहीं जाओगी? शिष्टता भी तो कोई चीज़ होती है आख़िर।"

"तुम तो पहुँच ही जाओगे। घर से कोई भी जाए, क्या फ़र्क पड़ता है?" सतीश ने ग़ौर से शकुन को देखा। क्या सचमुच शकुन उसे और अपने को एक ही समझती है? कितने सहज भाव से उसने कह दिया कि कोई भी चला जाए, क्या फर्क पड़ता है, और एक वह है कि दो दिन से पता नहीं क्या-क्या सोच रहा है। उसके मन का तनाव एकाएक ही ढीला हो गया, फिर भी उसने कहा था : "मैं तो पहचानता भी नहीं, चलना तुमको भी चाहिए।"

"तस्वीर तो तुमने भी देखी है, पहचान ही लोगे।"

"ख़ैर, पहचान तो लूँगा ही।" और उसे लगा, वह तस्वीर न भी देखता, तो भी पहचान लेता; और स्टेशन क्या, हज़ारों की भीड़ में भी वह आलोक को पहचान सकता है।

शकुन मुस्कुराई थी। उस समय तो सतीश नहीं भाँप सका, पर अब उसे लगने लगा कि शकुन की उस मुस्कुराहट में कहीं बड़ा तीखा व्यंग्य लिपटा हुआ था...।

"विचित्र संयोग है, पहली बार जयपुर आया था तो शकुनजी से मुलाकात हुई थी, इस बार आया तो उनके घर आना पड़ा।" आलोक हँसा।

यह सारी बात इतने सहज ढंग से कैसे कर लेता है? इसे क्या नहीं मालूम कि शकुन के निमन्त्रण पर यों चले आने से मैं, शकुन का पति, कुछ ग़लत अर्थ भी तो लगा सकता हूँ! पर ऐसी बात का बोध तभी होता है

जब आदमी के अपने मन में पाप हो। नहीं...नहीं, यह सब मेरा भ्रम है। कहीं भी तो कुछ नहीं है। आलोक से मिलकर आते ही शकुन ने भी तो सब कुछ बता दिया था। सब कुछ तो ठीक है। ग़लत कहीं कुछ है तो उसके अपने भीतर ही है। छिः! मन के संशय ने उसकी आत्मा को भी कितना दुर्बल बना दिया है!

आलोक शकुन का ही नहीं, उसका भी मेहमान है। शकुन कोई उससे अलग तो है नहीं, वह जबर्दस्ती ही अलगाव को पैदा कर रहा है और व्यर्थ ही कष्ट पा रहा है। कुछ होता तो शकुन उसे यों अकेले स्टेशन भेजती?

घर आते ही उसने आलोक की अटैची स्वयं उठा ली। आलोक ने हल्का सा विरोध भी किया, पर वह नहीं माना। आख़िर आलोक उन लोगों का मेहमान है। सामने बरामदे में ही शकुन प्रतीक्षा में खड़ी थी...उन्हें देखकर दोनों सीढ़ियाँ उतरकर सड़क पर आ गई।

"देखो, सही आदमी को ही लाया हूँ न?" तीनों हँस पड़े और उसने सोचा, अब ऐसे ही व्यवहार करेगा। बहुत ही सहज और स्वाभाविक ढंग से। मन एकाएक ही हल्का हो आया।

तीनों भीतर घुसे, तो सजा हुआ कमरा उसे स्वयं बड़ा अच्छा लगा। आख़िर इस घर का मालिक तो वही है। शकुन कुछ औपचारिक सी बातें पूछ रही थी और वह मन-ही-मन सोच रहा था : "आज वह सबको खूब हँसाएगा। ऐसे-ऐसे चुटकुले सुनाएगा कि बस, लेखक वह चाहे न हो, पर मूड में आ जाए, तो लोगों को ऐसी बढ़िया कम्पनी दे सकता है कि एक बार मिलने के बाद लोग उसे आसानी से भूल नहीं सकते। शकुन को वह आलोक के सामने कतई महसूस नहीं होने देगा कि उसका पति, मात्र एक क्लर्क है—बूदम और डल! कितने दिन हो गए हैं उसे हँसे और हँसाए!

आलोक दीवार पर लगी उन लोगों की तस्वीर को देख रहा है, जो उन्होंने विवाह के बाद ही खिंचवाई थी।

"यह क्या बहुत पुरानी है, इसमें तो बड़े यंग और स्मार्ट लग रहे हैं, आप लोग!" सतीश को लगा, यह रिमार्क उसने केवल शकुन के लिए दिया है, उसे तो बस यों ही औपचारिकता के नाते शामिल कर लिया है। और

एकाएक उसने शकुन की ओर देखा, तो पहली बार इस बात पर ध्यान गया कि बड़े यत्न से उसने अपने उन सब पक्षों को पूरी तरह उभारा है, जहाँ-जहाँ से वह सुन्दर लगती है। पर उससे क्या, यह तो बहुत ही स्वाभाविक है। उसे ऐसी छोटी-छोटी बातों का ध्यान भी क्यों आता है?

"शकुन, अब तुम गरम चाय पिलाओ तो आलोकजी की थकान भी उतरे और थोड़ी ताजगी और गरमाहट भी आए।" अपने स्वर की स्वाभाविकता उसे स्वयं बड़ी अच्छी लगी।

"मैं सिगरेट पी लूँ?" होंठों में सिगरेट दबाते हुए आलोक ने अनुमति माँगी।

"मुझे तो अभी भी जैसे विश्वास ही नहीं हो रहा है कि आप कभी हमारे घर आएँगे भी, कि आप आ गए हैं।" बड़े गदगदाते भोलेपन में शकुन बोली।

"लो, कमाल कर दिया। सशरीर सामने बैठकर भी यदि विश्वास न दिला सकूँ तब तो मामला बड़ा मुश्किल है।" आलोक जोर से हँसा।

"मैं सचमुच कितनी ख़ुश हूँ कि आपने मेरा निमन्त्रण स्वीकार कर लिया।"

"मैं तो इस बात से ख़ुश हूँ कि तुमने किसी को निमन्त्रण दिया तो! आलोकजी, आपको शायद विश्वास नहीं होगा; आप पहले आदमी हैं जिसके आने पर शकुन यों ख़ुश हो रही है, वरना शकुन को इस घर में तीसरे आदमी की उपस्थिति तक बर्दाश्त नहीं होती।"

"चलिए, बेकार बदनाम मत कीजिए।" ठुनककर शकुन बोली। "देखिए आलोकजी, घर के नाम पर कुल यह एक कमरा है हम लोगों के पास। यह पार्टीशन भी डेढ़ साल से लगा है, पहले तो यह भी नहीं था। कोई भी आ जाता तो समझ में नहीं आता कि कहाँ हम सोएँ-बैठें, कहाँ उसे सुलाएँ-बिठाएँ। फिर मुझे एकान्त और प्राइवेसी पसन्द है, अब चाहे कोई कुछ भी कह ले।"

"एकान्त! प्राइवेसी!"...क्या आलोक इन शब्दों के अर्थ नहीं समझेगा?

"तब तो मेरे आने से भी आपको कष्ट होगा। वैसे मैं तो आज रात को ही चला जाऊँगा..."

"धत्!" बीच में ही बात काटते हुए शकुन बोली : "कैसी बातें करते हैं आप भी! आपके आने से कष्ट! यह तो हमारा सौभाग्य है। हाँ, आपको जरूर कुछ कष्ट हो सकता है। पर हमारी खातिर इसे भी सहिए!" फिर एकाएक पूछा : "क्या आप आज ही चले जाएँगे?"

"बिल्कुल! हर हालत में। कल सवेरे मुझे चले ही जाना है।"

बुढ़िया नौकरानी चाय ले आई। सतीश ने देखा, ट्रे बड़े करीने से सजाई गई है। शकुन शायद पहले ही सब कुछ कर आई थी। शकुन के मुँह से बार-बार 'हम-हम' शब्द सुनकर सतीश का आत्मविश्वास जैसे बढ़ सा रहा था। शकुन ने और ठहरने के लिए एक बार भी नहीं कहा। आलोक भी ठहरने को व्यग्र नहीं। सभी कुछ तो बड़ा नॉर्मल है। नहीं, तुच्छता से जन्मे सारे सन्देहों को वह पोंछ देगा।

चाय चलती रही। शकुन बड़ी आत्मीयता-भरी मनुहार से आलोक को खिला रही है। आज उसे अपना घर क्लर्क के घर से छोटे अफ़सर के घर के रूप में बदला हुआ लग रहा है। एक नामी लेखक उसके घर में बैठा हुआ है, उसकी पत्नी सजी-सँवरी, कलफ की साड़ी पहने सबको सर्व कर रही है...और इस घर और इस स्त्री का स्वामी वह है, केवल वह। इधर-उधर की गपशप चलती रही। आलोक ख़ुश-मिजाज, हँसमुख और खुले स्वभाव का व्यक्ति है। अभिमान या बड़प्पन का बोध तक नहीं। शकुन ख़ास नहीं बोल रही, केवल सुन रही है। वैसे बोलना उसे ही सबसे ज़्यादा चाहिए। जो भी हो, आख़िर वह है तो उसी का मेहमान।

"तुम ज़रा तरकारी ले आओ!"

"पहले नहा लूँ।"

"नहीं, नहाना बाद में, पहले तरकारी ले आओ।" अधिकार-भरे स्वर में आदेश देती सी शकुन बोली। और सतीश को लगा, जैसे अब वह थोड़ा एकान्त चाहती है, प्राइवेसी!

हवा उल्टी थी या पता नहीं क्यों साइकिल बड़ी भारी चल रही थी और सतीश को पूरा ज़ोर लगाकर पैडिल मारने पड़ रहे थे।

वह लौटा तो शकुन और आलोक आमने-सामने बैठे बातें कर रहे थे।

दोनों के बीच सिगरेट का हल्का-सा धुआँ छाया हुआ था। उसे देखते ही शकुन ने अपनी बात अधूरी छोड़ दी। न-मालूम-सा खिंचाव भी उसे शकुन के चेहरे पर दिखाई दिया।

"ले आए?" ज्यों-के-त्यों बैठे-बैठे ही उसने पूछा। उठकर उसने थैला तक नहीं लिया।

"अब तुम नहा लो। तरकारी उधर माँजी को ही दे देना।"

"हाँ-हाँ, देखिए, आप लोग अपने रुटीन में किसी तरह की गड़बड़ न करिएगा। आप ऑफिस कितने बजे जाते हैं?"

"दस पर पहुँचना होता है, साढ़े नौ के बाद निकल जाता हूँ।" सतीश ने किसी तरह शब्दों को ठेलकर जवाब दिया।

"और तुम?"

पन्द्रह मिनट में ही स्थिति 'तुम' पर आ गई? नहीं, शायद बहुत पहले से ही यह स्थिति चल रही थी।

"मैंने तो आज छुट्टी ले ली है। एक दिन के लिए आप आए हैं, सारा दिन स्कूल में गुजार दूँगी, तो आपसे बात कब करेंगे?"

"करेंगे!" तो क्या शकुन मुझसे भी छुट्टी लेने के लिए कहेगी? यदि कहा, तो क्या वह ले लेगा? लेनी चाहिए उसे?

नहीं, बहुवचन का प्रयोग तो वह अपने लिए भी कई बार करती है। चाय के समय चुप क्यों बैठी थी? करती न उस समय बात! और आलोक अब रुटीन गड़बड़ करने की बात क्यों नहीं करता? कुछ देर पहले तक तो छुट्टी की कोई बात भी नहीं थी। और उसे लगा कि फिर सब कुछ गड़बड़ा गया है, बाहर भी और उसके अपने भीतर भी।

वह नहाकर लौटा और पार्टीशन के इधर निःशब्द तैयार होने लगा। कान उसके उधर ही लगे हुए थे।

शायद किसी किताब का जिक्र हो रहा था। बोल आलोक ही रहा था। शकुन को जो बातें करनी हैं, वह करती क्यों नहीं? शायद वह उसके जाने की राह देख रही है।

ऐसा ही है तो वह इधर ही रहेगा, क्यों व्यर्थ ही उन लोगों के बीच

जाकर बैठे? पर उससे रहा नहीं गया।

"तुम यहाँ बैठो, मैं जरा खाने के लिए माँजी को समझा आऊँ।"

सतीश बैठ गया, पर उसे समझ ही नहीं आया कि वह क्या बात करे? आलोक ने एक नई सिगरेट सुलगाते हुए कहा : "आपका जो काम है, उसके साथ साहित्य का तो कोई सम्बन्ध बैठता ही नहीं। यह शौक आपको कैसे लगा आख़िर?"

"शौक कहाँ है! शकुन कहानी-उपन्यास पढ़ने की शौकीन है, सो बस, खाली समय में मैं भी पढ़ लेता हूँ। साहित्य की कोई ख़ास समझ-वमझ तो है नहीं।" वह कह तो गया, पर फिर उसे लगने लगा कि कहीं कुछ ग़लत हो गया है। एजुकेशन बोर्ड में काम करनेवाला आदमी साहित्य में रुचि नहीं रख सकता या साहित्य नहीं समझ सकता, ऐसा कोई नियम तो है नहीं। कौन कहता है कि वह साहित्य नहीं समझता? अच्छा हुआ कि शकुन यहाँ नहीं है। अब उसे कोई वजनदार बात पूछनी चाहिए। कुछ सोचकर उसने पूछा : "अच्छा, यह बताइए, आप लोग जो लिखते हैं, उसका आधार वास्तविकता होती है या मात्र कल्पना? मेरा मतलब जो आप स्वयं भोग चुके होते हैं वही लिखते हैं या..."

"इस विषय में कोई निश्चित नियम तो नहीं है।" सतीश की अधूरी बात का पूरा मतलब समझते हुए आलोक बोला : "अलग-अलग लोगों का अपना अलग-अलग ढंग होता है। अपने बारे में मैं यही कह सकता हूँ कि मेरी वे ही रचनाएँ ज़्यादा सशक्त या सजीव हैं, जिनको मैंने स्वयं भोगकर लिखा है।" फिर एक क्षण ठहरकर बोला : "बड़ा विचित्र प्रॉसेस होता है यह भी। जिन स्थितियों में हम पूरी तरह इनवॉल्व्ड होते हैं, वहाँ भी कभी-कभी बड़ी निर्ममता से काटकर हमें अपने को तटस्थ रखना पड़ता है। और कहीं-कहीं बिना किसी लगाव के भी पूरी तरह इनवॉल्व्ड होने का अभिनय करना पड़ता है। इस मामले में लेखक को बड़ा निर्मम होना पड़ता है। सतीशजी, माँ की मौत पर जब सारा घर बैठकर रो रहा था, बिलख रहा था, मेरा मन सारी स्थिति से अनछुआ रहकर उसी घटना पर कहानी बुन रहा था। दूसरों की बात क्या कहूँ, कभी-कभी मुझे खुद विश्वास नहीं होता कि..."

इससे ज़्यादा वजनदार बात तो उसके दिमाग़ में आ भी नहीं सकती। यह तो बैठकर ज्ञान ही बघारने लगा। उसे लिखने के प्रोसेस में कोई दिलचस्पी नहीं है। अच्छा हुआ, शकुन यहाँ नहीं है, वरना इसके बाद वह क्या पूछता? आलोक बोले चला जा रहा था :

"कभी-कभी ऐसे व्यक्तियों में कहानी की गन्ध आती है, जिनसे लगाव तो क्या, हमारा विशेष परिचय भी नहीं होता; फिर भी कहानी निकालने के लिए हमें लगाव ओढ़ना पड़ता है...यों समझिए, एक्टिंग करनी पड़ती है। बड़ा ख़तरनाक खेल होता है यह। कभी-कभी तो एक कहानी की दस गुनी कीमत भी अदा करनी पड़ती है।"

तभी शकुन आ गई और सतीश के दिमाग़ में कुछ कौंधते-कौंधते रह गया।

"आलोकजी, आप भी नहा लीजिए। असली थकान तो नहाने से ही जाएगी। मैं गरम पानी रख आई हूँ।"

"नहा लेंगे, जल्दी क्या पड़ी है! मैं कोई ब्राह्मण तो हूँ नहीं कि नहाकर ही मुँह जूठा करूँगा।"

शकुन हँसी। सतीश को हल्का सा अफ़सोस हुआ कि वह हँस क्यों नहीं सका।

"नहीं, नहा डालिए।" आलोक की अटैची उठाकर सामने टेबल पर रखती हुई शकुन बोली।

यह अपनत्व-भरा अधिकार कहाँ से आ गया? और फिर उसे लगने लगा, कहीं कुछ है जो उसे मालूम नहीं है। जो कुछ जिस रूप में सामने है, मात्र वही नहीं है, इसके परे कहीं कुछ और भी है...है...

आलोक के जाते ही शकुन ने कहा : "कमीज तो नई पहन लेते, कितनी मुस रही है यह!"

"क्यों? ठीक है यह! मैं हमेशा ही कमीज तीन दिन पहनता हूँ, आज ही ऐसी कौन सी ख़ास बात है?" वह शकुन को जता देना चाहता है कि आलोक उसके लिए कोई विशेष महत्त्व नहीं रखता।

शकुन चुपचाप सतीश का खाना लेने चली गई। रोज़ की तरह वह उसे खिला रही है, पर सतीश को लग रहा है कि शकुन ने हर काम की योजना

बना रखी है। सतीश के सामने तो समय बर्बाद ही होता, सो वह समय नहाने में लगवा दिया। इधर सतीश जाएगा और उधर आलोक तैयार!

शकुन ने एक बार भी उससे तो छुट्टी लेने के लिए नहीं कहा, बल्कि शायद वह मन-ही-मन मना रही है कि जल्दी-से-जल्दी सतीश वहाँ से चला जाए। इतनी साफ़ बात है और वह समझ नहीं रहा है।

क्रीम-रंग के अंडी के कुरते में जँचा-जँचाया आलोक घुसा, तो सतीश को अपनी मुसी हुई कमीज़ अखर गई। आज उसे कमीज़ बदल ही लेनी चाहिए थी, शकुन ने ठीक ही कहा था। उसे लगा, क्लर्की करते-करते सचमुच ही वह डल हो गया है शायद। समय पर उसे कोई बात सूझती ही नहीं, बाद में बेवकूफ़ों की तरह अफ़सोस करता रहता है।

"तो आप तो चले?"

"हाँ, मैं तो अब चला। शकुन है आपके पास।" और उसने देखा, शकुन मुग्ध-भाव से आलोक को देख रही है।

"लौटिएगा कब?"

"अब तो साढ़े पाँच पर ही मुलाक़ात होगी। शाम को बाहर चलेंगे, और कुछ नहीं तो यहाँ का दौलतबाग़ और आनासागर ही देख लीजिए। शकुन को तो वह जगह बड़ी प्रिय है। शादी के बाद की कुछ शामें तो हमारी वहीं बीतीं। वहाँ जाते ही शकुन को बस हनीमून का-सा मूड आ जाता है आज भी।" और सतीश हँस पड़ा। उसने सोचा, बड़ी मार्के की बात वह कहता जा रहा है। आलोक जान ले कि उन दोनों के बड़े मधुर सम्बन्ध हैं, उसके मन में कोई ऐसी-वैसी बात हो भी तो निकाल दे। "अच्छा साहब, चलें।" और वह बाहर आ गया। रोज़ की तरह शकुन भी बाहर आई उसे विदा करने, पर सतीश को इस समय भी शकुन के चेहरे पर वही मुग्ध-भाव दिखाई दिया जो आलोक को देखते समय उभर आया था। उसे लगा, वह देख अवश्य उसे रही है; पर मन में कहीं आलोक को ही देख रही है।

एक बजे तक वह जैसे-तैसे अपने को फाइलों में डुबोए रखने का प्रयत्न करता रहा। फिर एकाएक उसे लगा, अब नहीं ठहरा जाएगा। उसने उसी समय एक स्लिप लिखकर बॉस के कमरे में भेज दी कि उसकी तबीयत ठीक

नहीं है, सो वह घर जा रहा है; और निकल आया।

घर लौटना ठीक होगा? दोनों यही तो समझेंगे कि मुझे उन लोगों पर सन्देह है। अगर ऐसी कोई बात नहीं हुई तो कितना ओछा समझेंगे वे लोग? आत्मग्लानि से उसका मन भर आया। पाँच साल के विवाहित जीवन में उसे ऐसी कोई बात याद नहीं जो शकुन के प्रति उसे शंकालु बना दे। पिछले दो साल से वह खिन्न अवश्य रहती, कुछ दूर-दूर भी रहती है, उसका कारण तो वह स्वयं जानता है। कितना स्वाभाविक है उसका यों खिन्न रहना! फिर खिन्नता तो दो साल से चल रही है, जबकि आलोक से परिचय कुल चार महीने का है। दोनों बातों को एक साथ जोड़ने की कोई तुक ही नहीं है।

सचमुच यह उसका अपना काम्प्लेक्स ही है, जिसे उसने इतना शंकालु, ओछा और कुछ हद तक कमीना भी बना दिया। अपनी ऐसी हरकतों से तो कभी-कभी उसे स्वयं भी विश्वास होने लगता है कि उसका भय कहीं सच ही है; वरना यह सब क्यों हो?

उसे रोज़ की तरह ऑफ़िस में काम करना चाहिए था, पर अब? अब कुछ नहीं। सीधा घर जाएगा और साफ़ कहेगा कि वह भी छुट्टी लेकर आ गया है। आलोकजी आख़िर रोज़-रोज़ तो हमारे घर आने से रहे। फिर वह उनको घुमाने ले जाएगा। पहले वह उन्हें सोनीजी का मन्दिर दिखा देगा, फिर वे लोग आनासागर पर जाकर बैठ जाएँगे। वहीं वह अपने लतीफे सुनाएगा। वे सब तो अभी रह ही गए। वह चुन-चुनकर लतीफे याद करने लगा। कौन-कौन से लतीफे उसके नाम से प्रसिद्ध हो गए थे।

गाड़ी तो रात को दस बजे जाती है। आनासागर से ताँगा लेकर वह उसे कॉफ़ी-हाउस ले जाएगा। बड़े शहरों के मुकाबले में तो यहाँ का कॉफ़ी-हाउस कुछ भी नहीं; फिर भी कम-से-कम यह तो दिखा ही देगा कि वह सिर्फ़ क्लर्क ही नहीं, इस ज़िन्दगी से भी परिचित है। लेखक लोग तो कॉफ़ी-हाउस में ही बैठे रहते हैं। कुछ रुपए ही तो खर्च होंगे, पर शकुन कितनी प्रसन्न होगी! वह उसके इस आरोप को ग़लत सिद्ध कर देगा कि उसे आलोक का आना अच्छा नहीं लगा। इसमें अच्छा न लगने की बात ही क्या है भला?

पर घर आया तो पता नहीं क्यों; उसने साइकिल घर से दस क़दम दूर ही रख दी। दबे-पाँव वह सीढ़ियाँ चढ़ा। उसका दिल घबराने लगा था, मानो वह किसी दूसरे के घर में चोरी से घुस रहा हो। कुछ क्षण बरामदे में खड़े रहकर वह आहट लेता रहा—शायद कुछ बातचीत की आवाज़ ही आ रही हो। पर कहीं कुछ नहीं था। दरवाज़ा बन्द था, फिर भी उसने हल्के से धक्का दिया, शायद खुल ही जाए! नहीं, दरवाज़ा भीतर से बन्द था। अब? फिर उसने दरवाज़े से कान लगाया। बाहर के कमरे में बैठकर बात कर रहे होते, तब तो बाहर साफ़-साफ़ आवाज़ आती। इसका मतलब है, सोनेवाले हिस्से में बैठे हैं। पर उधर तो शकुन किसी को नहीं आने देती। आलोक शायद 'किसी' की श्रेणी में नहीं आता। तब?

और एकाएक मन हुआ कि लात मारकर वह दरवाज़ा तोड़ दे और भीतर दोनों को रँगे हाथों पकड़ ले। शकुन को बातें करनी थीं, इसलिए तो छुट्टी ली थी। पर बातों का तो कोई सिलसिला ही नज़र नहीं आता। भीतर क्या हो रहा है आख़िर! कैसे जाने, कहाँ से जाने?

इस समय घर का दरवाजा रोज़ ही बन्द रहता है, पर रोज़ शकुन घर पर नहीं रहती है इसलिए। आज इसका भीतर से बन्द होना कोई विशेष अर्थ नहीं रखता? क्या वह लौट जाए? नहीं, वह लौटकर नहीं जाएगा। वह दरवाज़ा खटखटाएगा और देखेगा कि खुलने में कितनी देर लगती है। वह चेहरा देखकर ही भाँप लेगा कि भीतर क्या हो रहा था!

वह फिर एक क़दम आगे बढ़ा, दरवाज़ा खटखटाने के लिए हाथ भी उठाया; पर बस, दरवाज़े को धीरे से छूकर रह गया। नहीं, उसे इस तरह अधीर नहीं होना चाहिए। मान लो, कुछ नहीं हुआ तो वह उनकी नज़रों में तो गिरेगा-सो-गिरेगा ही; अपनी नज़रों में कितना गिर जाएगा! एकदम उसे खिड़की का ख़याल आया। खिड़की भी भीतर से बन्द थी। अच्छा, खिड़की बन्द करने की क्या जरूरत थी? ऐसी सर्दी तो अब रह नहीं गई। कमरे में हवा आने के लिए यह खिड़की और दरवाज़ा ही तो है बस, दोनों ही बन्द हैं। तो? उसने सारी खिड़की पर नज़र दौड़ाई...कहीं कोई छेद ही हो, जहाँ से वह भीतर झाँक सके, पर कहीं एक छोटा सा सूराख तक नहीं

मिला। फिर उसने दरवाज़े को टटोला। कहीं कुछ नहीं। उसके पहले इस बात का ख़याल क्यों नहीं आया? एक सूराख ही करके रख देता।

पर वह क्यों इस तरह अपराधी महसूस कर रहा है? यह उसका अपना घर है। इसमें वह जब भी चाहे, आ-जा सकता है। आख़िर वह अपने घर में ही तो आया है। अपने घर में आना न चोरी है, न गुनाह। उसे क्या होता जा रहा है कि वह अकारण ही डरने लगता है? जैसे ही शकुन दरवाज़ा खोलेगी, कह देगा कि वह भी आधे दिन की छुट्टी लेकर आया है।

तभी उसके सामने शकुन का चेहरा घूम गया—आँखों में धिक्कार और भर्त्सना-भरे। मान लो, वह यही कह दे—आख़िर आ गए न! तुम इसके सिवाय और कर ही क्या सकते हो?

हाथ फिर निर्जीव हो गया।

कोई तो आवाज़ आए, किसी तरह की। खौलते मन को यह निश्चय तो बँधे कि भीतर की वास्तविक स्थिति क्या है?

और उसे लगने लगा कि जिस तरह उसने शकुन की पलकें चूमना छोड़ दिया था, वैसे ही अब उसे बाँहों में लेना भी छोड़ देना पड़ेगा...शायद धीरे-धीरे करके उसे पूरी-की-पूरी शकुन को ही छोड़ देना पड़ेगा।

वह संशय में क्यों पड़ा हुआ है? उस-जैसा बेवकूफ़ आदमी शायद ही दुनिया में हो। सब कुछ आँखों से देखकर ही जाना जाता है? क्या वह कुछ भी अनुमान करने का माद्दा नहीं रखता? शकुन आजकल जिस मनःस्थिति में है, उसे वह क्या नहीं जानता? तो क्या शकुन...

वह नगरा, गुलाब-बाड़ी, आदर्श नगर—जाने कहाँ-कहाँ साइकिल लिये घूमता रहा! उसे बराबर लग रहा था कि कहीं बहुत बड़ा धोखा उसके साथ किया जा रहा है। उसका मन हो रहा था कि वह सब पर थूकता चले! क्या करे अब वह? कहाँ जाए? उसका कोई घर नहीं, कोई अपना नहीं। जिस शकुन को पिछले पाँच साल से वह अपने शरीर के अभिन्न अंग की तरह प्यार करता आ रहा है, वह इस समय किसी और की बाँहों में पड़ी मस्ती मार रही होगी...और वह है जो बे-घरबार होकर यों दर-दर भटक रहा है।

और यों ही निरुद्देश्य भटकते-भटकते जब वह पूरी तरह लस्त हो गया

तो फिर आनासागर की बारहदरी के उसी कोने पर आकर बैठ गया। उसे लगा, आज उसमें और उन आवारा, बे-घरबार लोगों में कोई फर्क नहीं रह गया है जो रात-दिन यहाँ पड़े रहते हैं। वह भी अब यहीं पड़ा रहेगा। उसे कोई नौकरी नहीं करनी है, कोई काम नहीं करना है। कौन है उसका, जिसके लिए खून-पसीना एक करे? उसे सबसे नफ़रत होने लगी।

और उसे लगा, वह सचमुच ही पौरुषहीन है। कोई मर्द-बच्चा होता, तो दो लात मारता दरवाज़े के, और झोंटा पकड़कर बाहर कर देता शकुन को और दो झापड़ मारता उस लफंगे को। उसके सारे अस्तित्व को बुरी तरह मथता हुआ आज यह विश्वास पूरी तरह उसके मन में जम गया कि वह पुरुष नहीं है...और उसे लगा, यह बात तो वह बहुत पहले से ही जान गया था, तभी तो कभी उसकी हिम्मत नहीं हुई कि जाकर डॉक्टर को दिखा आए। आज के व्यवहार ने तो पूरी तरह सिद्ध कर दिया। लानत है उस पर। थूः। उसने सामने पानी में थूक दिया। कोई असली मर्द-बच्चा होता तो...उसे अपने-आपसे नफ़रत होने लगी। ठीक ही तो किया शकुन ने। कौन औरत ऐसे नामर्द की पत्नी होकर रहना पसन्द करेगी?

और फिर वह निढाल होकर लेट गया। उसकी आँखों के कोनों से आँसू बहने लगे। वह मन-ही-मन गालियाँ देने लगा। साला शोहदा कहीं का, कहानी लेने आया है! शकुन ने उसे जरूर बता दिया होगा। शकुन, किस जन्म का बैर तुमने मुझसे निकाला है! उस आदमी के सामने मुझे नंगा किया, जिसके सामने मुझे वस्त्रों की सबसे ज़्यादा आवश्यकता थी!

बजरंगगढ़ की आरती फिर गूँज उठी। तो सात बज गए? वे जरूर भले आदमी बने उसकी राह देख रहे होंगे। अब वह यदि घर चला जाए, तो दोनों कैसा नाटक करेंगे? शकुन लड़ेगी कि इतनी देर क्यों कर दी? दो घंटे से इन्तज़ार में बैठा रखा है। सारा प्रोग्राम गड़बड़ कर देते हैं। मन-ही-मन चाहे खुश हो रहे होंगे साले, मस्तियाँ मार रहे होंगे!

आलोक ने तो कहा ही था कि जहाँ हम इनवॉल्व्ड नहीं होते, वहाँ भी कभी-कभी अभिनय करना पड़ता है। पर शकुन? वह यह अभिनय कहाँ से सीख गई? उसी ने सिखा दिया होगा, अपना उल्लू सीधा करने के लिए।

यह अभिनय तो सभी स्तरों पर चल रहा है, और शायद शुरू से ही चल रहा है। वही बेवकूफ़ है, जो कुछ समझा नहीं। तभी शकुन चार महीने से प्रसन्न रहने लगी थी। वरना बाकी स्थिति ज्यों-की-त्यों है। यह प्रेम तो चार महीने से पक रहा है; वरना दो-चार घंटे में कोई विवाहित स्त्री एक अजनबी के साथ यों कमरा बन्द करके बैठ सकती है?

क्या-क्या हुआ होगा? शकुन ने आख़िर क्या सोच रखा है, क्या चाहती है वह?

और जाने कैसे-कैसे दृश्य उसकी आँखों के सामने घूमने लगे। आज वह घर लौटेगा ही नहीं। आज सालों को जश्न ही मनाने दो; मेरे अपने ही घर में मेरा श्राद्ध करने दो। मैं यहीं पड़ा रहूँगा। किसका घर और किसकी बीवी?

उसने रूमाल से अपना चेहरा ढँक लिया। यह मुँह किसी को भी दिखाने लायक़ नहीं है।

धीरे-धीरे आरती का स्वर शून्य में डूब गया। केवल आरती के घंटे बजते रहे—टन्...टन्...ट्न!

थोड़ी देर बाद सतीश उठा और साइकिल पर बैठकर चल पड़ा। उसे लग रहा था कि वह थककर चूर-चूर हो गया है और भीतर-ही-भीतर से इस तरह टूट गया है कि उसका सब कुछ एकदम जड़ और सुन्न हो गया है। कुछ भी सोचने-समझने की शक्ति उसमें नहीं रह गई। यहाँ तक कि उसे यह भी नहीं मालूम कि वह कहाँ जा रहा है? पर थोड़ी देर बाद वह अपने घर के सामने ही था।

ठीक है, वह घर ही जाएगा। यह घर उसका है। जाना ही है तो शकुन जाए, जिसे अब इस घर में अच्छा नहीं लगता, वह क्यों यों मुँह छिपाए-छिपाए फिरता रहे?

उसे देखते ही शकुन ने भौंहें चढ़ाकर कहा : "कमाल कर दिया तुमने तो, अब आ रहे हो?" उसके स्वर में शिकायत थी।

"हम लोग तो पाँच बजे से आपकी प्रतीक्षा कर रहे हैं," आलोक का स्वर था।

दोनों साले कपड़े बदलकर जँच-जँचाकर बैठे हैं। बड़ी तीख़ी सी नज़रों से उसने उन्हें देखा, मानो कह रहा हो—क्यों मुझे बेवकूफ़ बना रहे हो?

"कुछ जरूरी काम आ गया था।" अपराधियों की तरह सतीश के स्वर में क्षमा-याचना का पुट क्यों आ गया है? असली अपराधी तो वे हैं।

"जिस दिन घर में कुछ होगा, उस दिन जरूर तुम्हारे ऑफ़िस में भी काम आएगा। छोड़ आते कल के लिए। कह देते, मैं आज नहीं ठहर सकता।"

तिरिया चरित्र? कोई कह सकता है इस शकुन को देखकर कि पति के जाते ही यह औरत...। "चाय दो ज़रा।" किसी तरह शब्दों को ठेलकर उसने कहा। पहले उसने सोचा था, वह किसी से कुछ बोलेगा नहीं, चाय भी नहीं माँगेगा, पर फिर लगा, क्यों नहीं माँगेगा? जब तक शकुन इस घर में रहेगी, उसे पत्नी की तरह उसके हर आदेश का पालन करना पड़ेगा। देखें, कर तो दे मना चाय को...अभी दिखा देता है वह भी!

हाथ-मुँह धोने के लिए वह अन्दर गया तो उसने शकुन को कहते सुना : "बहुत थक जाते हैं ऑफ़िस के काम से।" शायद सतीश की रुखाई की सफ़ाई दे रही है आलोक को।

"हाँ, वह थक जाता है। वह बहुत कमज़ोर है, दुर्बल, बिल्कुल दुर्बल, नामर्द! कह दे, सारी दुनिया में ढिंढोरा पीट दे। वह है, जैसा है।"

उसका मन फिर सुलगने लगा। सर्दी हो चली थी; फिर भी वह तौलिया लेकर नहाने घुस गया। गुसलखाने के बाहर से उसे शकुन का स्वर सुनाई दिया : "यह क्या, तुम इस समय नहा रहे हो ठंडे पानी से? बीमार पड़ोगे क्या? सुनो तो..." उसने पूरा नल खोल दिया, तो पानी की आवाज़ में शकुन का स्वर डूब गया। बकने दो कम्बख्त को!

एक बार पानी की ठंडक ने उसे भीतर तक कँपा दिया; फिर भी उसे नहाना अच्छा लग रहा था। जलन जैसे ठंडी होती जा रही थी।

काफी देर तक पानी के नीचे रहने के बाद उसने नल बन्द कर दिया। अपना शरीर पोंछकर कुछ देर तक वह यों ही खड़ा रहा, फिर खड़ा-खड़ा अपने ही अंगों से बड़ी अश्लील सी हरकतें करता रहा। पता नहीं, एक

विचित्र सा सन्तोष मिल रहा था उसे यह सब करने में! खोया आत्मविश्वास जैसे लौट रहा था...कौन कह सकता है साला कि वह...?

फिर एकाएक उसका अपना ही मन ग्लानि और वितृष्णा से भर उठा। यह सब क्या होता जा रहा है उसे? इन लोगों के साथ-साथ क्यों अपना दिमाग़ ख़राब करता जा रहा है? नहीं, जैसे भी होगा, वह अपने को संयत करेगा।

उसने सोचा, वह बड़े स्वाभाविक ढंग से चाय पिएगा और उससे भी अधिक स्वाभाविक स्वर में कहेगा–"देखिए, मुझे सब कुछ मालूम है। बन्द दरवाज़े ऐसी बातों को छिपाकर नहीं रख सकते! आप लोग एक्टिंग करने में बहुत माहिर होंगे; पर मेरी आँखें भी कम तेज़ नहीं। शकुन चाहे तो आपके साथ ही जा सकती है। मुझमें इतनी उदारता है कि मैं अपनी पत्नी की राह में बाधा बनकर खड़ा न होऊँ, उसकी इच्छा पूरी करने में सहायक बनूँ।"

ये लोग उसके ही घर में नाटक कर रहे हैं; क्लाइमेक्स वह कर दे।

वह बाल बनाता जा रहा था और पलंग को देखता जा रहा था। कैसे सोएगा अब वह इस पलंग पर?

पर वह बाहर निकला तो उससे कुछ भी नहीं कहा गया। शकुन चाय बनाने लगी तो आलोक ने कहा : "हम लोग तो वैसे चाय पी चुके हैं, पर आपका साथ देने के लिए एक राउंड और सही!"

"हाँ-हाँ, जरूर! शाम का सारा प्रोग्राम तो इन्होंने गड़बड़ कर दिया, अब चाय पी-पीकर ही समय काटो।" शकुन के स्वर में हल्का सा आक्रोश था। चाय पी चुके हैं, यह तो बता दिया, और क्या-क्या कर चुके हैं, यह क्यों नहीं बताते? बताने जैसी बात हो तब न! फिर उसे लगा, वही क्यों नहीं पूछ लेता कि कहिए, दिन-भर क्या किया? बड़ा स्वाभाविक-सा प्रश्न है, पर सारी स्थिति स्वाभाविक नहीं है, इसलिए इन्हें यही लगेगा कि मैं शक कर रहा हूँ। और मान लो, इस प्रश्न का एकाएक दोनों को कोई जवाब ही नहीं सूझे और खिसियाए से दोनों एक-दूसरे का मुँह ही देखते रह जाएँ, तब वह क्या करेगा?

तभी शकुन उठी और भीतर से स्वेटर लाकर देती हुई बोली : "लो, अब कम-से-कम यह तो पहन लो। रात को ठंडे पानी से नहाए हो, अपनी ज़िद के आगे तुम किसी की बात सुनते भी हो कभी?"

न चाहते हुए भी उसने स्वेटर पहन लिया। चोंचले दिखा रही है।

आठ तो बजनेवाले हैं, चलने-चलाने का तो यहाँ कोई सिलसिला ही नज़र नहीं आ रहा है। दिन-भर में जरूर ही प्रोग्राम बदल गया होगा। बाँहों में भर-भरकर शकुन ने एक दिन और ठहरने के लिए तो तैयार कर ही लिया होगा। कल फिर उसे ऑफ़िस भेज दिया जाएगा और...अभी उसे मालूम पड़ जाएगा कि आलोक आज ठहर रहा है, और वह कुढ़ता रहेगा। दिखाने के लिए भी वह शायद खुश नहीं हो सकेगा। क्यों दिखावा करे वह? कौन साली उसे कहानी लिखनी है!

"अब तुम ज़रा बैठो...मैं खाना देख आऊँ।"

हाँ, मेरे साथ बैठने में क्या रखा है?

"शकुनजी तो काफी इंटेलिजेंट हैं..."

हाँ, बहकाओ बच्चू! मुझे खूब बहकाओ! यों क्यों नहीं कहते कि शकुनजी काफी...बेवकूफ़ समझ रखा है उसे?

"बता रही थीं कि शादी होकर आईं तब तो बस यों ही थीं, आपने ही वह रुचि पैदा की और सुविधाएँ भी दीं।"

"सुनिए," शकुन उधर से बुला रही है। सतीश उठकर चला गया।

"देखो; अब आलोकजी को स्टेशन छोड़ने तुम ही चले जाना। मुझे घर ठीक करना है, और कॉपियाँ देखनी हैं। दो दिन से इस चक्कर में कुछ किया नहीं, कल सारे नम्बर देने हैं।"

सतीश ऐसे देखने लगा, जैसे कुछ समझने की चेष्टा कर रहा हो।

"आलोकजी आज जा रहे हैं क्या?"

"कमाल करते हो तुम भी! सवेरे ही बात हो गई थी।"

"नहीं, मैंने सोचा शायद तुमने आग्रह करके रोक लिया होगा।" कुछ आश्वस्त होते हुए उसने कहा।

"अरे बाबा, आ गए सो ही बड़ी बात है। अब उन्हें जरूरी काम है तो

क्या करें?"

"तो स्टेशन तो तुम भी चलो कम-से-कम।"

"देखो, सारे बरतन बिखरे पड़े हैं...खाना ख़त्म होते ही पहले इन्हें जमाऊँगी। माँजी तो खिलाकर चली जाएगी...बाक़ी सब तो मुझे ही करना पड़ेगा। छोटा घर है, ज़रा सा बिखर जाता है तो दिक्कत लगने लगती है। मुझे यों भी बिखरा घर पसन्द नहीं। उसके बाद कॉपियाँ भी तो देखनी हैं।"

"पर..."

"देखो, मैंने इसलिए तुम्हें इधर बुलाकर कह दिया है; वरना वहाँ तुम ज़िद करने लगोगे तो मना करना बड़ा भद्दा लगेगा। कुछ कहना मत, हाँ!"

सतीश और शकुन साथ-साथ ही बाहर आए। सतीश को बात से भी ज़्यादा अच्छा लग रहा था, इस तरह भीतर बुलाकर शकुन का उससे कुछ कहना। आलोक आए हैं तो क्या हुआ, उनका अपना भी तो कोई जीवन है। कोई ऐसी बात भी तो हो ही सकती है, जो भीतर बुलाकर ही कही जाए।

तो आलोक जा रहा है? शकुन फिर अपनी घर-गृहस्थी और स्कूल की बातों में डूबने लगी है।

खाने बैठे तो शकुन ने उसकी थाली में दो-तीन अतिरिक्त चीज़ें रखते हुए कहा : "तुम सवेरे ऑफ़िस गए थे तब तक तो बनी नहीं थीं, तुम अब खा लो।"

गाजर का हलवा था, मटर की कचौड़ी थी।

"कुछ तो आप भी लीजिए आलोकजी!" शकुन मनुहार कर रही थी।

"माफ़ करो बाबा! स्वस्थ जरूर कुछ ज़्यादा हूँ; पर खाता ज़्यादा नहीं हूँ। सवेरे का खाना ही अभी तो हजम नहीं हुआ।"

"ऐसा तो आपने सवेरे भी कुछ नहीं खाया। मैंने तो अपने हाथों से सब बनाया है।"

तो दिन-भर इसने खाना बनाया? कहीं ऐसा तो नहीं कि यह बेचारी बैठकर उधर खाना बना रही हो और ये महाशय यहाँ दीवान पर लेटकर सिगरेट फूँक रहे हों! आवाज़ आती कहाँ से? पर फिर दरवाज़ा बन्द क्यों

था? हो सकता है, नींद आ गई हो, इसलिए दरवाज़ा बन्द कर दिया हो! कमरा सड़क पर ही तो पड़ता है। वे भी तो इतवार को जब दोपहर को सोते हैं तो बन्द करके ही सोते हैं। तो यह क्या उसका अपना ही बुना हुआ जाल है, जिसमें फँसकर वह दिन-भर से छटपटा रहा है, उसने ग़ौर से शकुन को देखा। उसके अंग-प्रत्यंग को वह घूर-घूरकर देखने लगा...कहीं कोई छाप है...कोई लक्षण? कोई लाल-नीला दाग़?

शकुन खिला ज़्यादा रही थी, खा कम रही थी। पर वैसे सब कुछ बड़ा स्वाभाविक था।

''आप आज शाम को आ जाते तो आलोकजी को थोड़ा घुमा-फिरा ही देते। सारे दिन घर में रखकर बोर कर दिया। सोच रहे होंगे, कहाँ आ फँसे!''

''वाह, बोर तो मैं तनिक भी नहीं हुआ। बढ़िया खाना खाया, डटकर गप्पें मारीं। हाँ, सतीशजी के साथ ज़्यादा बैठने का मौक़ा नहीं मिला। और आपका बड़ा प्रिय आनासागर नहीं देखा। सो वह अबकी बार आऊँगा तब जरूर देखूँगा।''

फिर कुछ 'खट्' से बजा सतीश के दिमाग़ में। तो क्या फिर आने का प्रोग्राम बन चुका है? क्या है यह सब, उसे कुछ भी तो समझ में नहीं आ रहा था। उसे अपनी ही समझ पर बुरी तरह खीज आने लगी। शरीर में तो उसके कुछ गड़बड़ है ही, पर लगता है, दिमाग़ में और भी ज़्यादा गड़बड़ है।

''अब आप ताँगा ले आइए।'' लगा, जैसे शकुन जल्दी से आलोक को विदा करके अपने काम में लग जाना चाहती है। या कहीं ऐसा तो नहीं कि उसे भेजकर विदा की असली रस्म पूरी करनी है? उसके सामने तो औपचारिक-से नमस्कार के सिवाय कुछ हो नहीं सकेगा।

''ताँगा लेने मैं भी साथ चलता हूँ, ज़रा टहलना ही हो जाएगा।''

''टहलना क्या होगा, यहाँ बग़ल में तो ताँगा मिलता है। ये ही ले आएँगे।''

''हाँ, आलोक को कैसे जाने दे सकती है अभी? मैं तो आपका नौकर लगा हूँ जो ताँगा लेने जाऊँगा?''

चलते समय शकुन ने कहा : "समझ नहीं पा रही हूँ आलोकजी, आपको किन शब्दों में धन्यवाद दूँ। जब भी जयपुर आएँ तो यहाँ आने का कष्ट अवश्य करिएगा, और इस बार अकेले नहीं, परिवार-सहित आइए। सबसे मिलकर और भी ख़ुशी होगी।"

"इस नई पुस्तक पर अपनी प्रतिक्रिया जरूर भेजना। पाठकों की प्रशंसा ही हमारे लिए तो सबसे बड़ी प्रेरणा होती है; पर इसका यह मतलब नहीं कि तुम केवल प्रशंसा लिख भेजो।" और आलोक हँसता हुआ ताँगे पर बैठ गया। सारा ताँगा नीचे को झुक गया—पता नहीं कितना वजन है कम्बख़्त में!

"स्टेशन से सीधे घर ही आ जाना, इधर-उधर मत चले जाना, माँजी भी चली जाएगी, मुझे बहुत अकेला लगेगा।" और सतीश को लगा, जैसे आलोक के सामने यह कहकर उसने उसे उबार लिया। विदा देती अनमनी सी शकुन उसे बड़ी भोली, बड़ी सरल और बड़ी प्यारी सी लगी। फिर मन में ढेर-ढेर लाड़ उमड़ने लगा।

उसने एक बार फिर सबेरे से अब तक की सारी बातें याद कर डालीं। अगर अपने मन के सन्देह से मुक्त होकर देखे, तो कहीं भी कुछ नहीं है। एक भी तो बात ऐसी नहीं हुई जिसे वह आधार बनाकर यों कष्ट पाए। नहीं, नहीं, यह उसकी ही हीनभावना है जो उसे हर बात के दस-दस अर्थ लगाने को मजबूर कर देती है।

वह आज कितना बड़ा अनर्थ भी कर सकता था। उसे इस बात से बड़ी तसल्ली मिली कि ऐसा कुछ भी होने से पहले ही सद्‌बुद्धि आ गई।

हाँ, आलोक की वह खातिर कर रही थी, बड़े श्रद्धालु भाव से, तो इसमें हुआ ही क्या? वह हर काम को पूरी लगन से करती है, आलोक की खातिर की तो लगन से, अपना घर सजाया तो उतनी ही लगन से, और अब फिर सब ठीक-ठाक कर रही होगी।

वह बड़ी तरकीब से आलोक के लिखने के प्रोसेस वाली बात जरूर शकुन को बता देगा कि कैसे ये लेखक लोग बिना किसी लगाव के भी केवल कहानी वसूलने के लिए एक्टिंग करते हैं। कम-से-कम यह हल्का सा संकेत

हो जाएगा शकुन के लिए कि यदि आलोक ने कुछ किया भी हो, तो वह उसकी किसी भी बात या व्यवहार को गम्भीरता से न ले। उसका ओछापन भी नहीं दिखेगा और बात भी बन जाएगी। अपनी दूरदर्शिता पर वह स्वयं मुग्ध सा हो गया। कौन कहता है कि वह बेवकूफ़ है या डल? आलोक ने भी स्वीकार किया कि शकुन इंटेलिजेंट है, वह उसके संकेत को अवश्य ही समझ लेगी। और एकाएक उसे लगा, जैसे सवेरे से जिस असह्य बोझ के नीचे वह तिलमिला रहा था, जिस मर्मान्तक पीड़ा से छटपटा रहा था, वह सब एकाएक समाप्त हो गई है।

गाड़ी चली तो बड़े मशीनी ढंग से हाथ हिलाता रहा। उसने भी चलते समय शकुनवाली बात दोहरा दी : "सपरिवार आइए कभी!"

आलोक आया और चला गया, और कहीं कुछ नहीं हुआ। वह घर लौटेगा तो देखेगा कि शकुन उसी व्यस्तता और लगाव से अपना घर ठीक कर रही होगी।

यदि उसका काम पूरा नहीं होगा तो वह कहेगा, "जाओ, तुम आराम करो, बहुत थक गई होगी सवेरे से, लाओ मैं जमा देता हूँ सारे बर्तन-वर्तन।" वह उसकी कॉपियाँ भी दिखवा देगा। वह जरूर विरोध करेगी, "तुम भी तो ऑफ़िस से थककर आए हो, मैं कर लूँगी, तुम आराम करो।"

आज वह शकुन को बहुत प्यार करेगा। कितने दिन हो गए उसे बड़ी आत्मीयता से प्यार किए। उसकी अपनी ही दुर्बलता ने पता नहीं कैसे यह भ्रम उसके मन में पैदा कर दिया था कि उन दोनों के बीच में जैसे कोई है...पर कहीं कोई नहीं है; शकुन आज भी उसी की है, उतनी ही जितनी दो साल पहले थी।

मैं कितना धीरे-धीरे चल रहा हूँ। शकुन अकेली होगी। साइकिल न लाकर भूल ही की। उसने अपनी चाल बढ़ा दी।

घर पहुँचा तो देखा—खाने के बर्तन अभी भी टेबल पर ज्यों-के-त्यों पड़े थे, कॉपियों का बंडल भी दीवान के नीचे जैसे-का-तैसा बँधा पड़ा था। उधर

जाकर देखा–शकुन पलंग पर लेटी हुई आलोक का नया उपन्यास पढ़ने में डूबी हुई है। आहट पाकर एकदम चौंक सी उठी : "कौन?"

"मैं हूँ।"

"ओह, तुम? मैं तो डर गई थी।" और किताब को तकिए के नीचे सरकाती हुई वह उठकर बैठ गई।

सज़ा

पप्पा का कार्ड आया है चाचाजी के नाम : "फ़ैसले की तारीख 16 अप्रैल पड़ी है और इस बार निश्चित रूप से फ़ैसला हो जाएगा, पहले की तरह स्थगित नहीं होगा। यदि छुट्टी मिल सके और असुविधा न हो तो दो दिन के लिए आ जाना।"

मेरे और मुन्नू के लिए एक लाइन तक नहीं लिखी थी। न प्यार, न आने के लिए कुछ। पूरे साल में पप्पा का यह पहला कार्ड था और हमारे विषय में कुछ नहीं लिखा, जैसे उन्हें मालूम ही नहीं हो कि हम भी यहाँ हैं। क्या पप्पा ने अपने को इतना बदल लिया है? उन्होंने क्या बदल लिया है, शायद समय ने उन्हें बदल दिया है। उन्हें ही क्या, सबको ही बदल दिया। मैं क्या कम बदल गई हूँ? मुन्नू क्या कम बदला है? पता नहीं, अम्मा की क्या हालत होगी! ओह, इन पाँच सालों में क्या कुछ नहीं हो गया!

16 अप्रैल, आज से पाँच दिन बाद। मैं जाऊँगी, जरूर जाऊँगी और मुन्नू को लेकर ही जाऊँगी। कान्ता मामा ने तो हर सुनवाई के बाद यही लिखा है कि इस बार फ़ैसला पक्ष में होगा। हे भगवान्, ऐसा ही हो! पर रह-रहकर मन काँप जाता है। पहली बार भी तो सब यही कहते थे। तब मैं एकदम नासमझ नहीं थी, फिर भी ज़्यादा नहीं समझती थी। पप्पा और अम्मा तो हमेशा मुझे बच्ची ही समझते थे, इसीलिए शायद बड़ी ही नहीं हो पाती थी। इधर एकदम कितनी बड़ी हो गई हूँ! क़ानून की बातें समझने लगी हूँ। सात आदमियों का दोनों समय का खाना बना लेती हूँ। खाना ही

नहीं, घर का सारा ही तो काम करने लगी हूँ। मेरे साथ स्कूल में जो लड़कियाँ पढ़ती थीं, उनसे करवा लो देखें कोई भी काम! पर वे क्यों ये सब काम करें? भगवान् कभी उन्हें ऐसे बुरे दिन न दिखाएँ!

क्या पापा सचमुच छूट जाएँगे? पिछली बार जब फ़ैसला हुआ था तब दादी, बाबा, चाचा–सब आ गए थे। सब लोग कचहरी गए, पर हमें नहीं ले गए। मुन्नू को छोड़ जाते, वह सचमुच बच्चा था; पर मैं तो बड़ी थी, नवीं का इम्तिहान दे चुकी थी। मुझे पापा के सारे केस की बातें पता थीं, फिर भी मुझे नहीं ले गए थे। मैं और मुन्नू साँस रोककर सबके लौटने की प्रतीक्षा कर रहे थे। मैं खुद बहुत घबरा रही थी; पर मुन्नू को बराबर समझाती जा रही थी। और कोई चाहे मुझे बड़ा न समझता; पर वह तो समझता ही था। बारह बजे दादी और अम्मा ने रोते-रोते घर में प्रवेश किया। बाबा कुर्सी पर बैठकर, हथेलियों में मुँह छिपाकर, फूट-फूटकर रोने लगे : "हे भगवान्, तेरे राज में इतना अँधेर! मेरे निर्दोष बेटे को दो साल की सज़ा!" सबको रोते देख हम दोनों भी खूब रोए।

दो दिन मैं स्कूल नहीं गई। जब गई तो मेरी सभी सहेलियाँ हमदर्दी दिखाने लगीं। पर वह हमदर्दी बिल्कुल नहीं थी। हमदर्दी क्या ऐसे कहकर दिखाई जाती है : "हाय-हाय, बेचारी के पिता को जेल हो गई!" आपस में दबी-दबी जबान में कहतीं : "इतने बड़े लोग भी चोरी करते हैं? तभी ठाठ थे आशाजी के!" मेरा जी होता, चीख़-चीख़कर सबसे कहूँ कि पप्पा ने कुछ नहीं किया है, बस, इस समय उनके ग्रह बिगड़े हुए हैं। ग्रह जब बिगड़ जाते हैं तब क्या नहीं हो जाता? रामचन्द्रजी ने कौन चोरी की थी, फिर भी चौदह साल का वनवास काटा या नहीं? पांडवों ने क्या किया था, फिर भी अज्ञातवास किया या नहीं? तब? जब ग्रह बिगड़ते हैं तो राजा को भी सब कुछ भोगना पड़ता है। इतनी सी बात ये लोग क्यों नहीं समझतीं? अम्मा ने मुझे समझाया कि अभी हमारे बुरे दिन हैं, जो भी आए, चुपचाप सहन कर लो; और मैं समझ गई। तभी तो उन लोगों से कुछ नहीं कहती थी। पर उनको कभी समझ नहीं आया। शायद बुरे दिनों में ही समझ बढ़ती है।

ख़ैर, तभी कान्त मामा आ गए। वह इंग्लैंड से जैसे ही लौटे, सीधे घर आ गए थे। कितना बिगड़े थे बाबा और चाचाजी पर कि यह सब हो कैसे गया? आज के ज़माने में तो गुनहगार अपने को साफ़ बचाकर ले जाते हैं। लाखों हजम करके मूँछों पर ताव देते घूमते हैं। फाइलें की फाइलें ग़ायब करवा देते हैं। और एक ये हैं कि बिना गड़बड़ किए सज़ा भोगने जा रहे हैं! बिना अपराध किए भी बाबा अपराधी की भाँति चुपचाप सिर नीचा किए सब सुनते रहे। वह बेचारे कानून के छक्के-पंजे क्या जानें? जब नहीं सुना जाता तो रो पड़ते। उस समय मुझे कान्त मामा का व्यवहार ज़रा भी अच्छा नहीं लगता था पर कुछ कह भी तो नहीं सकता था कोई। वह हाईकोर्ट में अपील मंजूर करवाने के लिए भाग-दौड़ कर रहे थे। इंग्लैंड से लौटकर कान्त मामा अपने को बहुत समझने लगे थे, वह शायद बहुत-कुछ होकर भी आए थे।

उन्होंने सचमुच अपील मंजूर करवा दी। मैं सोच रही थी, अब पप्पा कितना प्यार करेंगे हमें! कितने दिनों से घर में मनहूसियत छाई हुई है, वह दूर हो जाएगी। हमारे अच्छे दिन लौट आएँगे। सब लोगों के आ जाने से हमें तो कोई पूछता ही नहीं था। एकाएक जैसे हम कुछ नहीं रहे। मैं फिर भी कुछ समझती थी पर मुन्नू कुछ नहीं समझता, किसी भी चीज़ की ज़िद कर बैठता। मैं उसे समझाती : "भैया, अभी हमारे बुरे ग्रह आए हुए हैं, किसी भी चीज़ की ज़िद नहीं करते।" पर वह ग्रह-व्रह कुछ नहीं मानता और रोए ही चला जाता।

अपील मंजूर होने पर मैंने सोचा था, अब हमारे बुरे दिन टल गए, अब सब कुछ पहले जैसा हो जाएगा। तब मैं नहीं जानती थी कि अपील मंजूर हो जाना मुक़दमा जीतना नहीं होता—मुक़दमे की शुरुआत होती है—असली लड़ाई—असली परीक्षा।

मुझे दस दिन पहले की बात याद आई। तीन साल चलनेवाले मुक़दमे का फ़ैसला सुनाकर दादी, बाबा और अम्मा ने तो घर में घुसते ही रोना-धोना मचा दिया था। पप्पा थोड़ी देर बाद चाचा के साथ ताँगे पर आए थे और आते ही बात करना तो दूर, बिना किसी की ओर देखे, चुपचाप, नीची नज़र

किए वह ऊपर चले गए। सब लोग सकते में आ गए। कैसे हो गए हैं पप्पा! किसी की हिम्मत ही नहीं हुई कि ऊपर जाए। आख़िर दादी ने अम्मा को भेजा। अम्मा थोड़ी देर में ही लौट आईं : "दरवाज़ा ही नहीं खोलते। बहुत खटखटाया तो यही कहा—चली जाओ, मुझे अभी परेशान मत करो।"

यों घरवालों के साथ रोई मैं रोज़ ही थी; पर उस दिन पहली बार मेरा मन रोया था, अपनी पूरी समझ के साथ रोया था। क्या हो गया है मेरे पप्पा को? पच्चीस दिनों बाद घर में घुसे और प्यार करना तो दूर रहा, हमारी ओर देखा तक नहीं! बार-बार मन कहने लगा—वह मेरे पप्पा नहीं हैं। वह ऐसे हो ही नहीं सकते। जेलवालों ने उन्हें बदल दिया। एक अजीब सा भय मन में समाने लगा कि अब शायद पप्पा कभी प्यार नहीं करेंगे। और सचमुच उसके बाद मैंने कभी उनका प्यार नहीं पाया—आज तक नहीं। इस कार्ड में क्या वह एक पंक्ति भी हमारे लिए नहीं लिख सकते थे? यों मैं उनकी इस उदासीनता और तटस्थता को समझती भी हूँ। शायद वह अब किसी से मोह नहीं रखना चाहते। कहीं फिर सज़ा हो गई तो?

शाम को सब लोग ऊपर गए। दरवाज़ा तो खोला पप्पा ने; पर बात किसी से नहीं की थी। बस, तकिए में मुँह गड़ाकर पड़े रहे थे। मुझे लग रहा था, जैसे वह रो रहे हैं। पर हमें तुरन्त नीचे भेज दिया गया था। कितना-कितना गुस्सा आया था उस समय! पप्पा हमारे हैं और ये सब इस तरह कर रहे हैं मानो हम कुछ हैं ही नहीं। पप्पा पर पहला हक़ मेरा है, और वह भी सारी दुनिया में मुझे ही सबसे ज़्यादा प्यार करते हैं। मैं मनाने लगी थी कि ये सब लोग जल्दी-से-जल्दी अलीगढ़ से चले जाएँ तो अच्छा हो। तभी शायद पप्पा हमसे पहले की तरह प्यार करेंगे। सबके सामने शायद उन्हें शर्म आती है। शर्म की बात तो है ही। स्कूल में मुझे क्या कम शर्म आती थी!

अपील मंजूर करवाकर मामा और चाचाजी चले भी गए। दादी और बाबा तो घर के ही हैं, पर पप्पा फिर भी नहीं उतरे। उस रात अम्मा को सोने के लिए ऊपर भेजा। वह सवेरे उठकर आईं तो बोलीं : "माँजी, मुन्नू को आप गाँव लेती जाइए, वहाँ के स्कूल में डाल दीजिए। यहाँ तो अब

उसकी फीस जुटाना भी भारी पड़ेगा। आशा का तो इस साल फाइनल है; वरना उसे भी उमेश भैया के पास भेज देती। नीचे का घर अब खाली कर देंगे।" फिर और पता नहीं, क्या-क्या बातें हुईं दोनों में और फिर दोनों खूब रोईं, खूब रोईं। मैं किसी को भी रोता देखती तो बिना कारण जाने ही रोने लगती। फिर उस समय तो रोने का बहुत बड़ा कारण भी था—मुन्नू चला जाएगा! कैसे रहेगा वह गाँव में? वहाँ का स्कूल भी कोई स्कूल है! यहाँ इतने अच्छे स्कूल में पढ़ा। पप्पा वैसे चाहे सारे दिन चुपचाप पड़े रहें पर इस मामले में वह कभी चुप नहीं रहेंगे।

पर पप्पा कुछ नहीं बोले। शायद अम्मा-पप्पा ने साथ बैठकर ही यह सब तय किया था। रो-धोकर मुन्नू भी चला गया। हाँ, जाते समय पप्पा ने उसे सीने से लगाकर बहुत प्यार किया था। मैं पास ही खड़ी रही थी। पप्पा की आँखों से आँसू टपक रहे थे। मेरा बड़ा मन कर रहा था कि मैं आँसू पोंछ दूँ—उनके दुःख को दूर करने के लिए नहीं, पप्पा का प्यार पाने के लिए। मुन्नू दूर जाकर भी पप्पा के कितने पास हो गया; मैं पास रहकर भी शायद हमेशा दूर ही रहूँगी! पर पप्पा छोड़ने नीचे नहीं आए। कोई स्टेशन भी नहीं गया। जाता ही कौन? अम्मा अकेली निकलती नहीं, और मैं जाती तो लौटती कैसे?

मुन्नू के जाते ही हमारा घर सूना ही नहीं हुआ, उसमें बहुत कुछ रद्दोबदल भी हो गया; और फिर मुन्नू ही क्यों, धीरे-धीरे सारा सामान भी चला गया। नीचे का मकान खाली कर दिया। पकाना, खाना और सोना बरसाती में। पास की छोटी सी कोठरी साफ़ करके मुझे पढ़ने के लिए मिली।

पप्पा अब कुछ-कुछ बोलने लगे थे; पर पहलेवाले पप्पा वह बिल्कुल नहीं रह गए थे। बस, सारे दिन चुपचाप लेटे रहते या कुछ पढ़ते रहते। कभी-कभी गोदी में तकिया रखकर कुछ लिखते भी। मेरा बड़ा मन होता था कि देखूँ, वह क्या लिखते हैं, पर कभी हिम्मत ही नहीं हुई। कितनी ही बार पढ़ा था कि दुःख में हिम्मत रखनेवाले ही सच्चे वीर होते हैं। हँसते-हँसते

जो सारे दुखों को झेल जाए, वही सच्चा पुरुष है। मेरा मन होता, पप्पा को यह बात समझाऊँ। पर क्या पप्पा यह सब नहीं जानते? फिर? इस तरह मुँह छिपाकर तो वह पड़ा रहे जिसने सचमुच चोरी की हो। पप्पा को तो बाहर निकलना चाहिए, घूमना-फिरना चाहिए। इस तरह रहकर तो वह सबके बीच अपने को अपराधी ही साबित कर रहे हैं। पर उन्हें कैसे समझाती?

अपनी कोठरी में और कोई कष्ट नहीं था; पर भयंकर गर्मी के दिन और पंखा नहीं। रात तो जैसे-तैसे छत पर कट जाती; पर दोपहर में तो छत पर बने ये कमरे भट्ठी की तरह जलते थे। छुट्टियों के दिन बिताए नहीं बीत रहे थे। अपनी किसी सहेली के यहाँ जाने की इच्छा नहीं होती थी। पड़ोस तक में जाना छोड़ रखा था। दुःख में कोई साथी नहीं होता। बस, एक गाँठ बाँध रखी थी कि जब तक ये बुरे ग्रह टल नहीं जाते, तब तक सभी कुछ चुपचाप सहन करना है।

जुलाई में बाबा की चिट्ठी आई। मुन्नू को छठवें में भरती करवा दिया है और वह खुश है। हम सबने भी मान लिया था कि वह खुश ही होगा। ऐसा मान लेने में ही हम सबकी खुशी थी। साथ ही बाबा ने यह भी लिखा था कि शाम को उन्होंने एक दुकान में हिसाब लिखने का काम शुरू कर दिया है। पच्चीस रुपए मिलेंगे, जिन्हें वह पप्पा के पास भेज देंगे। पचास रुपए उमेश चाचाजी भेजेंगे। मेरे सामने बाबा का बूढ़ा शरीर, झुकी कमर और धुन्ध-भरी आँखें घूम गईं। इस बुढ़ापे में वह अब फिर से नौकरी करेंगे? अम्मा ने बताया कि इन पचहत्तर रुपयों में ही उन्हें घर चलाना है।

तब मुझे भी पहली बार पप्पा पर गुस्सा आया कि क्यों उन्होंने सस्पेंशन के दौरान मिलनेवाली आधी तनख्वाह लेने से इनकार कर दिया? कितना समझाया था कान्त मामा ने...चाचाजी तो एक तरह से नाराज़ ही हो गए थे पर पप्पा की एक ही ज़िद—जब तक मैं इस आरोप से मुक्त नहीं हो जाता, ऑफ़िस से एक पैसा भी नहीं लूँगा।

मैंने स्कूल की बस छोड़ दी। तीन मील पैदल ही जाती थी। धूप हो या बारिश, चेहरे पर शिकन नहीं लाती थी। कभी-कभी सोचती, पप्पा को

सस्पेंड हुए दो साल तीन महीने हुए, इतने दिनों में आख़िर कितना खर्च हुआ कि बैंक का सारा रुपया निकल गया, अम्मा के सारे गहने बिक गए...और भी पता नहीं क्या-क्या चला गया! वकील लोग शायद बहुत लुटेरे होते हैं। कभी सोचती, इससे तो पप्पा सचमुच ही ऑफिस का रुपया मार लेते तो अच्छा होता। कम-से-कम मुन्नू को तो अपने पास रख सकते, और एक पंखा भी रख लेते। इस उम्र में तो चमड़ी जैसे उबली जाती है। ईमानदारी करके ही कौन बड़ा सुख मिल रहा है!

अम्मा को पता नहीं क्या हो गया था कि भीतर-ही-भीतर सूखती जा रही थीं। कहाँ तो कुछ नहीं करती थीं और कहाँ अब सारा काम हाथ से करने लगीं। पप्पा भी उनकी मदद करते थे, उस समय मुझे बड़ा अच्छा लगता था। उन दिनों अम्मा बहुत चिड़चिड़ी हो गई थीं। एक दिन उन्होंने मुझे ज़रा-सी बात पर पीट दिया। अपनी याद में पहली बार मार खाई थी और वह भी इस उम्र में। शरीर से ज़्यादा मन आहत हुआ। चोट से ज़्यादा इस बात का दुःख था कि पप्पा बैठे देखते रहे, पर कुछ नहीं कहा। न अम्मा को मना किया, न मुझे ही प्यार किया।

अपनी कोठरी में बैठकर मैं घंटों रोई थी। हे भगवान्, सब दुःख दो; पर मेरे पप्पा को पहले जैसा कर दो। वह पहले की ही तरह काम करेंगे तो मैं सब कुछ सह लूँगी।

सुनवाई की पहली तारीख ही छः महीने बाद की पड़ी थी। कान्त मामा ने कोशिश तो बहुत की थी कि जल्दी-जल्दी सारी सुनवाई हो जाए और फैसला हो जाए; पर क़ानून कान्त मामा की इच्छा से नहीं, अपनी रफ़्तार से चलता है। वकीलों का सारा खर्च मामा ही कर रहे हैं, जरूर मामी से छिपाकर कर रहे होंगे; वरना वह तो एक पैसा भी खर्च न करने दें।

पहली सुनवाई बहुत अच्छी हुई थी। सर्दी में ठिठुरते हुए जब हमने यह ख़बर सुनी थी तो गर्मी की एक लहर ऊपर से नीचे तक दौड़ गई थी।

घर की हालत बद से बदतर होती जा रही थी, ख़ासकर अम्मा की। मुझे तभी लगता था कि कोई ऐसी बीमारी इन्हें लग गई है जो भीतर-ही-भीतर खाए जा रही है। हाइजिन में रोग और उनके लक्षण पढ़ रखे थे और मुझे

अम्मा के सारे लक्षण राजयक्ष्मा के-से लगते थे। सर्दी में वह जो ठंड खा गईं तो चार महीने तक खाँसती ही रहीं।

बाबा की चिट्ठी आई : ''हिम्मत रखना बेटा, बुरे दिन आते हैं तो सब तरफ़ से आते हैं। पर ये दिन फिरेंगे जरूर। भगवान् के घर देर हो सकती है, अन्धेर नहीं।''

दूसरी सुनवाई अप्रैल में हुई। तारीखें जल्दी मिलती ही नहीं थीं। पप्पा को छूटे साल हो गया था और अभी भी दो सुनवाई और बाक़ी थीं। इतने-इतने दिनों बाद ही यदि सुनवाई हुई तो एक साल और लग जाएगा। मेरा मन काँप-काँप जाता था। लगता था, अब ऐसे दिन नहीं काटे जाते : मुन्नू गाँव में, पप्पा बरसाती में, मैं कोठरी में और अम्मा खाट पर।

कैसे मैंने मैट्रिक का इम्तहान दिया था, मैं ही जानती हूँ। फिर भी सेकेंड डिवीजन में पास हो गई। कोई खुशी मनानेवाला नहीं था। सबके मन ऐसे मर चुके थे कि न किसी बात की खुशी होती थी, न रंज।

जुलाई में नई समस्या आई। गाँव में तो केवल मिडिल स्कूल ही था। मुन्नू का अब क्या हो? मेरा अब क्या हो? यहाँ कॉलेज में जाने का तो प्रश्न ही नहीं उठता था। मैं जानती थी कि बच्चों को पढ़ाना तो दूर, पचहत्तर रुपए में साथ रखकर खिलाना भी मुश्किल था। बाबा ने मुन्नू को सीधे उमेश चाचा के पास भेज दिया और ख़बर कर दी। यहाँ की स्थिति वह जानते थे। पप्पा वह पत्र पढ़कर सिहर उठे, अम्मा बहुत रोईं : ''मैं छोरे को बे-पढ़ा ही रख लेती, वहाँ क्यों भेज दिया? एक बार उसे मुझसे मिला तो देते। लीला का स्वभाव कौन नहीं जानता? मेरा बच्चा सहम-सहमकर मर जाएगा।'' दो दिनों तक वह रोती रहीं। पप्पा अपराधी की तरह चुप बैठे रहते। अम्मा क्यों रोती हैं इस तरह? पप्पा यदि कुछ कर सकते हैं तो क्यों नहीं करते? दो दिनों बाद वह बोलीं : ''मैं सोचती हूँ, आशा को भी वहीं भेज दो। वहीं कॉलेज में भरती हो जाएगी।'' मैं समझ ही नहीं पाई कि अम्मा व्यंग्य कर रही हैं या...पर अगले वाक्य ने ही सारी बात साफ़ कर दी : ''लीला का स्वभाव तो तुम जानते ही हो। आशा मुन्नू के पास रहेगी तो उसे तसल्ली तो रहेगी। सोने को एक गोद तो रहेगी।'' और अम्मा

खुद फूट-फूटकर रोने लगी थीं। ''उमेश भैया को लिख देना, जो भी वह खर्च करें, हम पर कर्ज ही समझें। मैं उनकी पाई-पाई चुका दूँगी। भगवान् कभी हमारे दिन भी बदलेगा ही, नहीं तो अपने को बेचकर उनका कर्ज अदा करूँगी। पर मेरे बच्चों पर थोड़ा रहम करें। ये दुखियारे यों ही अनाथ हो रहे हैं, थोड़ा प्यार इन्हें भी दें; थोड़ा लीला को भी समझा दें।''

कान्त मामा अपने किसी काम से दिल्ली आए थे। लौटते समय अलीगढ़ भी उतरे। अम्मा ने उन्हीं के साथ मुझे इलाहाबाद भेज दिया था। कान्त मामा ने एक बार कहा जरूर था : ''कलकत्ता भेज दो, वहाँ पढ़ लेगी।'' पर क्या मैं पढ़ने जा रही थी? पढ़ना तो बस यों ही था। मुझे तो मुन्नू को तसल्ली देनी थी। वह रोए तो उसे अपनी गोदी में सुलाना था। और उस दिन मैं सचमुच बड़ी हो गई थी—अम्मा की तरह बड़ी। पर घर छोड़ते समय सारे बड़प्पन के बावजूद फूट पड़ी थी। अम्मा की हालत देखकर घर का अधिक काम मैंने सँभाल रखा था। अब क्या होगा? इस हालत में अम्मा कैसे सब काम करेंगी? रोज़-रोज़ के बुख़ार ने उन्हें हड्डियों की ठठरी बना दिया था। पर अम्मा को तसल्ली देनेवाले पप्पा हैं, रोने के लिए पप्पा की गोदी है। मुन्नू तो वहाँ अकेला है। अभी मेरी सबसे ज़्यादा ज़रूरत मुन्नू को ही है।

रास्ते में कान्त मामा ने मुझसे पूछा था : ''शारदा को रोज़ बुख़ार रहता है। किसी डॉक्टर को दिखाया या नहीं?''

''नहीं।'' और मुझे रोना आ गया।

''रोते नहीं, बेटे, अब बहुत जल्दी ही सब ठीक हो जाएगा।''

''पप्पा ने तो कई बार कहा था कि दिखा दो; पर अम्मा मानती ही नहीं। कहती हैं—डॉक्टर झूठमूठ का वहम डाल देते हैं।''

मामा चुप हो गए थे। मामा क्या समझते नहीं : अम्मा इसलिए नहीं दिखाती हैं कि डॉक्टर और दवाई का खर्च कहाँ से आएगा? वे लोग तो टॉनिक और दूध-फल बता देंगे, आराम करने और खुश रहने को कह देंगे। बोलो, यह सब हो सकेगा पचहत्तर रुपए में? मुझसे पूछो, इन दिनों में मैंने हिसाब चलाया है। एक-एक चीज़ गिना सकती थी। पर उनसे क्या कहती?

वकीलों का सारा खर्च तो वह कर ही रहे हैं; और वकीलों पर कितना खर्च होता है, क्या मैं जानती नहीं?

मुन्नू मुझे देखते ही चिपट पड़ा था और रो दिया था। मुझे भी रोना आ गया था। चाची ने कुछ कहा जरूर था; पर अपने ही रोने में हमने सुना नहीं। मुन्नू को गले लगाकर मुझे कैसा लग रहा था, मैं नहीं बता सकती। इतना जरूर लगा कि उसे सचमुच किसी गोदी की जरूरत थी–किसी सहारे की। मैं चाची से बातें कर रही थी। उन्हें मेरा आना अच्छा नहीं लगा था, यह साफ़ था; पर मैं ही कौन अपनी इच्छा से आई हूँ। मुन्नू का रंग काफी साँवला पड़ गया था। चेहरा सूखकर मुरझा गया था और आँखें बड़ी सहमी-सहमी सी लग रही थीं। लगा, बहुत डरकर-दबकर रहता है शायद यहाँ। घर में तो कितना ऊधम करता था! इतना सा बच्चा, कैसे उसने अपने को बदला होगा, दबाया होगा? देखा, उसका काम था साल-भर के बिट्टू को खिलाना। सारे दिन वह उसे गोदी में टाँगे-टाँगे फिरता। कब तो वह पढ़ता होगा, कब वह होमवर्क करता होगा!

रात को जब वह सोने मेरे पास आया तो धीरे से बोला : "दीदी, कल मुझे बुढ़िया के बाल खिलाना। टिल्लू और पम्मी रोज़ खाते हैं, चाची उन्हें पैसे देती हैं और कहती हैं, छिपकर खा लिया करो। पर वे सामने ही खाते हैं। एक दिन टिल्लू मुझे चिढ़ाकर खा रहा था, मैंने उसके बाल छीन लिए। उसने चाची से शिकायत कर दी। चाची ने मुझे बहुत मारा। चाची बहुत ज़ोर से मारती हैं।" और वह फिर सिसकने लगा। मैंने उसे प्यार किया और कहा : "मैं अपने भैया को बाल खिलाऊँगी।" पर मेरा मन भीतर तक सिसक पड़ा। हम बड़े हैं, हम सब समझते हैं और सह भी सकते हैं; पर यह बेचारा कैसे समझे? समझ तो गया ही होगा; पर सहे कैसे?

पहली रात को ही मैंने संकल्प किया–मैं कॉलेज नहीं जाऊँगी। घर का सारा काम मैं करूँगी जिससे चाची को पूरा आराम मिले और उनका गुस्सा ठंडा रहे। चाची कुछ भी कहेंगी तो चूँ तक नहीं करूँगी। वह प्रसन्न रहेंगी तो मुन्नू सुरक्षित रहेगा। मुन्नू को रात में बैठकर पढ़ाया करूँगी।

मैं चाची से भी जल्दी उठकर सबके लिए चाय बना देती। फिर जल्दी

से टिल्लू और पम्मी को तैयार कर देती, तब नाश्ता देकर तीनों बच्चों को स्कूल भेज देती। नाश्ते की प्लेट देखने चाची जरूर आतीं। शायद उन्हें यह वहम रहता था कि मैं मुन्नू को कुछ ज़्यादा या अच्छा न खिला दूँ। चाचाजी तारीफ करते : "तुम तो बड़ी होशियार हो आशा, इतना काम कर लेती हो।" चाची तुरन्त कहतीं : "मैं जब इतनी बड़ी थी तो बारह जनों के कुनबे को सँभालती थी। आध-आध मन के पापड़-मँगोड़ी करती थी।" चुप रहती थी मैं तो। दोनों समय का खाना भी मैंने अपने ही जिम्मे कर रखा था।

रात में सोने जाती तो पैर मेरे झपकते रहते थे। कभी-कभी मुन्नू को अपने पैरों पर खड़ा कर लेती थी। उससे पैरों को तो आराम मिल जाता था, पर मन? अम्मा कभी-कभी गाँव में काम करवाती थीं तो पप्पा डाँटते थे : "मैं अपनी आशा को डॉक्टर बनाऊँगा, विदेश भेजूँगा, यह भटियार-खाना करवाकर क्या मुझे अपनी बिटिया की ज़िन्दगी ख़राब करनी है?" यही वाक्य हवाओं में तैरता कमरे में घूमता रहता, गूँजता रहता। धीरे-धीरे आदत पड़ गई तो पैरों का दर्द बन्द हो गया और मन भी सुन्न होता चला गया।

मैंने अम्मा को नहीं लिखा कि मैं कॉलेज में भरती नहीं हुई हूँ। लिखने के लिए चाचीजी ने मुझे चार पोस्टकार्ड दिए थे और बताया था कि हर महीने चार कार्ड मिलेंगे। उनमें मैं अपने कुशल-समाचार भेज देती थी, बस।

रात-दिन काम कर-करके मैं चाची के क्रोध को सँभाले रहती। आराम पाकर मुझ पर वह कुछ-कुछ प्रसन्न भी हो गई थीं; पर उनका हाथ जब-तब उठ जाया करता था—अपने बच्चों पर भी, मुन्नू पर भी। उनके बच्चे आदी थे, सो मार खाकर भी हँसते और भाग जाते। फिर वे मार खाते थे तो प्यार भी पाते थे। पर मुन्नू सहम जाता था। भीतर-ही-भीतर सिसकता। बड़ी करुण नज़रों से वह मुझे देखता। पर भीतर से कटकर भी मैं ऐसे अवसरों पर कुछ नहीं बोलती। सोचती, यों मार खा-खाकर मुन्नू या तो बेहद ढीठ हो जाएगा या जड़। पप्पा और अम्मा तो कभी हाथ भी नहीं लगाते थे हमारे। अकेले में मैं उसे प्यार कर लेती। समझाती : "थोड़े दिनों की बात और है भैया, फिर हम अपने घर चलेंगे, अम्मा और पप्पा के पास, बस।" पता नहीं, वह समझता भी था या नहीं। पर मेरा मन सबसे ज़्यादा दुखी

होता जब चाची गुस्से में कहतीं : "ऑफ़िस के बीस हज़ार ग़ायब करके गाड़ दिए और हमारा ख़ून चूस रहे हैं! ये हमारे बड़े हैं! लानत है ऐसे बड़प्पन पर!" मैं सोचती, क्या सचमुच चाचाजी यही सोचते हैं कि पप्पा ने रुपए मारे हैं? यदि आज उनके पास पैसा होता तो क्या हमें यों छोड़ देते? और अपने सारे पिछले दिन आँखों के आगे घूम जाते। कितना प्यार करते थे पप्पा...कितना! मैं चाहे कुछ भी लिखूँ; पर क्या वह जानते नहीं कि हम पर यहाँ क्या गुजर रही है?

31 तारीख को चाचाजी ने चाची के हाथ में तनख्वाह रखी तो चाची ने कहा : "अब भाई साहब को लिख दो कि पचास रुपए नहीं भेज सकेंगे। इस महँगाई के ज़माने में दो पालना ही बहुत भारी पड़ रहा है, फिर हमारे भी तो बच्चे हैं। कौन यहाँ खान गड़ी है!" बात ठीक थी, पर मेरा मन काँप गया। चाचाजी रुपए नहीं भेजेंगे तो क्या होगा? पच्चीस रुपए महीने में क्या होगा? इतना तो कमरे का किराया ही चला जाता है।

रोती हुई अम्मा और बिसूरते हुए पप्पा मुझे सारी रात दिखाई दिए। मैं भी उनके साथ बहुत रोई।

अम्मा का कोई पत्र ही नहीं आया बहुत दिनों तक। उठते-बैठते एक ही चिन्ता थी मुझे—अम्मा ने पैसे की क्या व्यवस्था की होगी? कान्त मामा का भी कोई पत्र नहीं आया। पता नहीं, क्या हाल है उधर का?

पूरा अगस्त बीत गया। मैं अपने चारों कार्ड डाल चुकी; पर कोई जवाब नहीं आया। क्या हो गया है अम्मा को, लिखती क्यों नहीं? सितम्बर में कान्त मामा का पत्र आया : "शारदा की तबीयत ख़राब थी, सो उसे यहाँ ले आया। यहाँ उसका इलाज चल रहा है। दिनेशजी ने कमरा बदल लिया है, उनका पता...है। किस्मत के अलावा क्या कहूँ कि तारीख जल्दी नहीं मिलती। तीसरी तारीख इसी महीने के आख़िर में पड़ी है। सुनवाई पर जाऊँगा। तुम घबराना मत। भगवान सब ठीक करेंगे। गर्मियों तक कुछ-न-कुछ अवश्य हो जाएगा।"

तो पप्पा अकेले रह गए? अम्मा और पप्पा की गोद भी छिन गई जिसमें वे रो सकते थे। पप्पा का यह पता? अलीगढ़ की गली-गली मुझे मालूम थी?

यह तो मजदूरों की बस्ती है। अँधेरी सीलन-भरी गलियाँ...पास में बहते नाले। पप्पा का खाना कौन बनाता होगा? उन्होंने तो कभी ऐसे काम नहीं किए। कभी अँगीठी भी जलाते तो अम्मा मना कर देती थीं। तब वह यही कह देते : "शारदा, कौन जाने कि इस बार छूट ही जाऊँगा। सजा हो गई तो पता नहीं क्या-क्या करना पड़ेगा..."

अम्मा बीच में ही डाँट देतीं : "ऐसी बात भी क्यों मुँह से निकालते हो? भगवान के घर देर हो सकती है, अँधेर नहीं।" यह वाक्य अम्मा ने बाबा से सीखा था और मन्त्र की तरह गाँठ बाँध ली थी।

और मैं भगवान से यही मनाया करती कि हे भगवान, उन्हें सज़ा न हो। पप्पा की तपस्या का फल उन्हें मिले। जो कुछ वह सह रहे हैं, वह क्या तपस्या से कम है? सीलन-भरी अँधेरी कोठरी में सबसे मुँह छिपाकर रहना, बच्चे कहीं, पत्नी कहीं, अब तो रहम करना। अब उन्हें सज़ा मत देना!

मार्च में चौथी सुनवाई भी हो गई। कान्त मामा की चिट्ठी आई कि फ़ैसला पक्ष में ही होगा। केस की पैरवी बहुत अच्छे ढंग से हुई है। बस, फ़ैसले की तारीख पड़ जाए जल्दी से।

मैं बैठी-बैठी दिन गिनती। पप्पा को सस्पेंड हुए चार साल हो गए। इन चार सालों में क्या कुछ नहीं हुआ! भगवान, देर तो बहुत की, अब अँधेर मत करना! यों यह देर भी अँधेर से कम नहीं, पर और अँधेर मत करना!

मुन्नू और टिल्लू अपना-अपना रिजल्ट लेकर आए। टिल्लू सब विषयों में पास था और मुन्नू एक विषय में फेल होकर प्रमोट हुआ था। चाचाजी ने टिल्लू को प्यार किया, मुन्नू पास खड़ा आँसू-भरी आँखों से टुकुर-टुकुर ताकता रहा। चाची ने कहा : "फेल हो गया न? पढ़ने-लिखने में मन लगाओ मुन्नू साहब, तब टिल्लू की तरह पास होओगे। सारे दिन बैठे-बैठे टसुए बहाने से पास नहीं हुआ जाता।" आँख के आँसू गालों पर ढुलक गए। कमीज़ की बाँह से उन्हें पोंछता हुआ वह भीतर जाने लगा तो टिल्लू चिढ़ाने लगा : "फेलूराम...फेलूराम!" उस दिन पहली बार मेरे लिए अपने पर बस रखना बहुत कठिन हो गया था। मन हुआ, कह दूँ–"उसे पढ़ने के लिए समय ही कहाँ मिलता है? सारे दिन तो बिट्टू को खिलाता है। पच्चीस

चक्कर बाज़ार के करता है।" पर चुप!

जाते-जाते मुन्नू ने एक बार चिढ़ाते हुए टिल्लू को जरूर जलती आँखों से देखा था। लगा, उठाकर एक हाथ मार देगा; पर न वह लौटा, न कुछ बोला ही। कैसे हो गया है मुन्नू इतना सहनशील? चुपचाप सहने का उपदेश उसे मैं ही दिया करती थी। पर अब वह यों सह जाता है तो सबसे ज़्यादा कष्ट मुझे ही होता है। पर कोई उपाय भी तो नहीं था।

मुन्नू की छुट्टियाँ हो गईं। सोचती थी कि शायद कान्त मामा या अम्मा का कोई पत्र आएगा कि तुम लोग आ जाओ, पर किसी ने कुछ नहीं लिखा। पप्पा तो कभी कुछ लिखते ही नहीं, अम्मा कभी-कभी दो लाइनें लिख देतीं : "मैं धीरे-धीरे ठीक हो रही हूँ, तुम चिन्ता मत करना। लीला को आशीर्वाद, बच्चों को प्यार। चाची की मदद करना, तंग मत करना।" मुझे हर बार लगता था, कितनी झूठी चिट्ठी लिखती हैं अम्मा!

पर धीरज की अवधि खिंचते-खिंचते एक साल तक पहुँच गई। पिछले मार्च में सुनवाई हुई थी और अब इस साल का अप्रैल है।

अब तो मुझे लगने लगा था कि जैसे जिन्दगी-भर हमें इसी तरह रहना है, बस, इसी तरह। अब मैं कभी कॉलेज में पढ़ने नहीं जाऊँगी। मुन्नू हर साल एक विषय में फेल होकर जैसे-तैसे प्रमोट हुआ करेगा। अम्मा शायद हमेशा बीमार रहकर मामा के यहाँ इलाज ही करवाती रहेंगी। पप्पा वैसे ही सीलन-भरी बदबूदार कोठरी में अपना खाना आप पकाया करेंगे...।

और तभी आज पप्पा की यह चिट्ठी आई—उनके हाथ की लिखी पहली चिट्ठी। मैंने हज़ार बार उसे देखा, पढ़ा, छुआ, जैसे उस कार्ड को छूकर पप्पा की हालत का ज्ञान हो जाएगा।

पप्पा ने हमें बुलाया नहीं। कहने से चाचाजी ले जाएँगे? पर इस बार जाएँगे जरूर, चाहे कुछ भी हो जाए। कान्त मामा को लिखूँ, वे लेते जाएँगे?

कल सवेरे दस बजे फ़ैसला है। हम दोनों कान्त मामा के साथ आ गए। धर्मशाला में छोड़कर मामा, पप्पा को लेने चले गए। पूरी उम्मीद थी कि इस बार अम्मा जरूर आएँगी; पर वह नहीं आईं। मामा ने इतना ही कहा : "उसकी हालत लाने जैसी नहीं थी...। फ़ैसला हो जाए तो तुम लोग वहीं

चलना।" पता नहीं, अम्मा किस हालत में हैं! मन बार-बार काँप उठता है। मामा कुछ छिपा रहे हैं। मैंने भी अम्मा से कितना कुछ छिपा रखा है! आज कौन किसके बारे में सही बात जानता है? दूसरे को हलका रखने के लिए सब अपने-अपने दुःख से ही भारी हो रहे हैं।

पप्पा आए तो मैं और मुन्नू उनसे लिपट गए हैं। पप्पा! शायद पप्पा को भी हम लोग ऐसे ही लग रहे होंगे। कितने-कितने आँसू बह गए हम तीनों के! कान्त मामा भी रो पड़े।

शाम को दादी-बाबा भी आ गए। रात में मुन्नू दादी से पूछ रहा था : "दादी, अब तो हम पप्पा के पास ही रहेंगे न? तुम इतनी पूजा करती हो, अपने भगवान से कहो कि हमारे पप्पा को छोड़ दें।"

"हाँ, बेटा, अब तू पप्पा के पास ही रहेगा। रात-दिन भगवान से यही तो कहती हूँ।"

"चाची के पास तो मैं अब कभी नहीं जाऊँगा। टिल्लू अपने को समझता क्या है? मैं अपने पप्पा के पास रहूँ और फिर आ जाए! हरेक चीज़ में पछाड़ सकता हूँ—पढ़ने में भी कुश्ती में भी। पहले फर्स्ट भी आया हूँ एक बार क्लास में...क्यों दीदी, आया था न?"

मेरी आँखें भीग आईं। कितने दिनों बाद मुन्नू को उसके असली रूप में देख रही हूँ! टिल्लू ने उसे चिढ़ाया था तो इसने कुछ नहीं कहा था, चुपचाप भीतर बैठकर रोया था। शायद जानता था कि टिल्लू को कुछ भी कहने का अर्थ है चाची की मार। पर मुझे कितना बुरा लगा था उस दिन! कहाँ चली गई मुन्नू की बाल-सुलभ ईर्ष्या और प्रतिस्पर्द्धा की भावना? क्या इतनी सी उम्र में हम लोग सब कुछ सहने के लिए ही बने हैं?

मुन्नू दादी की खाट पर ही सो गया। मुझे बिल्कुल भी नींद नहीं आई। कल फ़ैसला है—हम सबकी क़िस्मत का फ़ैसला। कान्त मामा बहुत आश्वस्त हैं; पर पप्पा के चेहरे पर तो कोई भाव ही नहीं!

फ़ैसला हो गया। मैं भी कचहरी गई थी। इस बार किसी ने रोका भी नहीं। वहाँ ख़ास भीड़ नहीं थी। पप्पा में भला घरवालों के सिवा किसे दिलचस्पी हो सकती थी? पप्पा कठघरे में खड़े थे, हम कुर्सियों पर बैठे जज

साहब के आने की प्रतीक्षा कर रहे थे। जज साहब आए तो बाबा ने आँखें मूँद लीं। अम्मा का सिर नीचा था। वह जरूर मन-ही-मन प्रार्थना कर रही होंगी। मैं मुन्नू का हाथ कसकर दबाए बैठी थी और मुझे लग रहा था कि अब और देरी होगी तो मेरी साँस भी घुट जाएगी।

क़ानूनी भाषा में जज साहब ने क्या-क्या कहा, मुझे कुछ समझ में नहीं आया; पर आख़िरी वाक्य समझ में आ गया : "मुजरिम को रिहा किया जाता है...।" मैं मुन्नू का हाथ हवा में उछालकर एक तरह से चीख़ ही पड़ी : "मुन्नू, पापा रिहा हो गए...रिहा हो गए!" पर एकाएक ही दादी और बाबा फूट-फूटकर रो पड़े। मैं भय से काँप उठी, कहीं मैंने ग़लत तो नहीं सुन लिया! पिछली बार भी तो ये लोग इसी प्रकार रोते-रोते घर में घुसे थे। पर बाबा का यह वाक्य : "मैं कहता न था बेटे, भगवान के घर में देर है, अन्धेर नहीं, देख...!"

पर पप्पा को क्या हुआ है? वह ख़ुश क्यों नहीं हो रहे? उनका भावहीन चेहरा, गढ़े में धँसी हुई निस्तेज, निर्जीव आँखों में से ख़ुशी की चमक क्यों नहीं आ रही? वह ऐसी पथराई आँखों से बाबा को देख रहे हैं मानो उन्हें बाबा की बात ही समझ में नहीं आ रही हो।

मैं दौड़कर पप्पा से चिपट गई : "पप्पा, आप बरी हो गए! सुनते हैं, आपको सज़ा नहीं हुई...सज़ा नहीं हुई है आपको!" पर पप्पा फिर भी वैसे ही रहे, मानो उन्हें विश्वास ही नहीं हो रहा है कि उन्हें सज़ा नहीं हुई है।

नकली हीरे

किसी भी गाड़ी की आवाज़ सुनतीं तो मिसेज़ सरन चौंक उठतीं। उनकी इस अधीरता को लक्ष्य करके पास बैठी मिसेज़ गुजराल ने कहा : "बड़ी बेचैनी से इन्तज़ार कर रही हो बहन का, क्यों?"

"नहीं ऽ ऽ तो, बेचैनी कैसी?" और फिर अपने को भरसक स्वाभाविक बनाने के लिए सारा ध्यान हाथ की सलाइयों पर केन्द्रित करके, स्वर में ज़रा लापरवाही का पुट देकर बोलीं : "सोच रही थी, मैं खुद उसे लेने स्टेशन नहीं गई, इस बात का उसे बुरा जरूर लगेगा। पर भई, कुछ भी हो, अपनी 'प्रेस्टीज' और 'पोजीशन' का कुछ तो ख़ायाल रखना ही पड़ता है। अब नौकर, ड्राइवर सबके सामने वह थर्ड-क्लास से उतरती या सेकेंड में से ही उतरती...मुझे तो बड़ा 'ऑकवर्ड' लगता..."

किसी कार की 'घर्र' से उनका वाक्य अधूरा ही रह गया। न चाहते हुए भी उनका ध्यान उधर चला ही गया।

"वह आ रही है, यही बड़ी बात समझिए, नहीं तो एक बार जब सम्बन्धों में तनाव आ जाता है तो..."

गुजराल का इस प्रकार उनकी 'पोजीशन' को अहमियत न देकर बहन के आने को अहमियत देना शायद उन्हें ज़रा भी बर्दाश्त नहीं हुआ, सो बात को बीच में ही काटकर बड़ी ठसक से बोलीं : "आएगी क्यों नहीं, बुलाने पर तो वह दस बार आएगी और सिर के बल आएगी। सम्बन्ध भी कौन उसने तोड़े थे, वह तो हम लोगों ने ही तोड़ लिये थे। पर जब इन गर्मियों

में पापा ने ही उसे अपने यहाँ बुला लिया तो मैंने भी सोचा, लाओ, मैं भी बुला ही लूँ, महीना-बीस दिन सुख में ही काट जाएगी बेचारी।" सलाइयों पर चलते हाथ थामकर उन्होंने एक बार बड़ी उड़ती सी नज़र गुजराल के चेहरे पर डाली। शायद अपनी बात की प्रतिक्रिया जानने के लिए, और फिर नज़रें अपने ताने-बाने पर जमाती हुई बोलीं : "पन्द्रह-सोलह साल की उम्र में तो ऐसी बेवकूफ़ी करते लड़कियों को देखा है, पर यों पढ़-लिखकर, समझदार होकर अपनी ज़िन्दगी के साथ खिलवाड़ करते नहीं देखा। बड़े-बड़े रजवाड़ों से तो इसके लिए सम्बन्ध आए थे...उन सबको छोड़कर... पापा को तो इतना 'शॉक' लगा कि बेचारे आधे रह गए।" और एक ठंडा निःश्वास छोड़कर वे ज़रा रुकीं।

गुजराल में हज़ारों बार की सुनी इस राजे-रजवाड़ोंवाली गाथा को सुनने का धैर्य नहीं था और वह जानती थीं कि यदि रोका नहीं गया तो अभी यह सरन उन सारी रियासतों के नाम और स्थिति का विस्तृत वर्णन भी आरम्भ कर देगी, इसलिए सारी बात पर विराम-चिह्न-सा लगाती हुई कुछ उत्साह-भरे स्वर में वे बोलीं : "अरे अब कहाँ के राजा-महाराजा और कहाँ के रजवाड़े! सब ख़त्म हुए और जात-पाँत को भी अब कौन मानता है? आजकल तो यह आम बात हो गई है!"

सरन बुरी तरह कट गईं! "जात-पाँत को तो हम भी नहीं मानते; पर आदमी की 'पोजीशन' भी तो कुछ होती है। कहाँ पापा एक बड़ी 'स्टेट' के 'एक्स-प्राइम-मिनिस्टर' और कहाँ एक फटीचर कॉलेज में पढ़ानेवाला! पाँच सौ रुपए तो यह अपने जेब-खर्च के लिए लेती थी और अब इतने में सारी गृहस्थी चलानी पड़ती होगी। प्रेम का सारा नशा हवा हो गया होगा, रो रही होगी अपनी क़िस्मत को।"

गुजराल घड़ी देखकर उठती हुई बोलीं : "अब तो आती ही होगी, मैं चली। शाम को हो सके तो क्लब लेकर आना, वहीं मुलाकात करेंगे।" और बिना उत्तर की प्रतीक्षा किए वह मुड़कर पीछे के दरवाज़े से चली गईं।

"सब जलती हैं कम्बख़्त!" सरन बुदबुदाईं। तभी लाल बजरी की सड़क पर तैरती हुई एक बड़ी गाड़ी पोर्टिको में आकर खड़ी हो गई। सरन एक

क्षण के लिए जैसे तय ही नहीं कर पाई थीं कि कितनी आत्मीयता से वह बहन से मिलें कि इन्दु स्वयं ही गाड़ी का फाटक खोलकर बिखरे बाल और अस्त-व्यस्त कपड़े लिये दौड़ती हुई आई और 'दीदी' कहकर सरन से लिपट गई।

सरन शायद इस तरह के व्यवहार के लिए कदापि तैयार नहीं थीं। अपने को छुड़ाते हुए बोलीं : "अच्छी तो है...चल-चल...अन्दर चल।" उनका सारा ध्यान आस-पास खड़े नौकर-चाकरों पर और इन्दु की सिलवटों से भरी हैंडलूम की साधारण सी साड़ी पर था, और वे शायद महसूस कर रही थीं कि जिस 'ऑकवर्ड' स्थिति से बचने के लिए वे स्टेशन नहीं गईं, वह यहाँ उपस्थित हो ही गई।

नहा-धोकर गीले बाल अपनी पीठ पर फैलाए जब इन्दु सरन के पास आकर बैठी तो सरन उसे एकटक यों देखती रहीं मानो किसी अपरिचित को देख रही हों। इन्दु के भरे-भरे और कुन्दन जैसे रंगवाले शरीर पर साधारण सी साड़ी लिपटी थी। जेवर के नाम पर गले में केवल एक मंगलसूत्र था। उन्हें लग रहा था, यही रूप क़ीमती वस्त्रों में लिपटता तो कैसा निखर उठता! इन्दु का मन नहीं करता होगा अच्छे-अच्छे कपड़े पहनने को? उनका सारा ऐश्वर्य देखकर उसे अपने अभाव क्या और नहीं खलने लगेंगे? एकाएक ही उनका मन द्रवित हो गया।

"जीजाजी कब तक लौटेंगे दीदी? सच, मैं तो बड़े बुरे मौक़े पर आई, न बच्चे हैं, न जीजाजी। कितना अर्सा हो गया है सबसे मिले भी!"

"ये कहाँ घर रह पाते हैं? काम ही इतना बढ़ा लिया है कि मरने तक को फुर्सत नहीं मिलती। अभी-अभी तीन नई मिलें बम्बई में और सेट की हैं। मैं तो कहती हूँ, क्या होगा इन सबका? जो है वही दो पीढ़ी तक ख़त्म नहीं होने का, पर ये मानें तब न!" फिर एकाएक ही प्रसंग बदलकर बोलीं : "तेरे पतिदेव कैसे हैं?"

पूछनेवाला ढंग कुछ ऐसा था कि इन्दु बुरा भी मान सकती थी, पर वह बड़ी ही सहज-स्वाभाविक मुस्कान के साथ बोली : "अच्छे हैं!" फिर मौन! सरन कभी-कभी उड़ती नज़र से इन्दु को देख लेतीं। वह प्रतीक्षा कर रही

थीं कि इन्दु कुछ बोलेगी : शायद उसे बहुत कुछ कहना होगा; पर वह खिड़की के पार शून्य में जाने कहाँ नज़रें टिकाए बैठी थी। थोड़ी देर बाद एकाएक सरन की ओर देखकर बोली; "तुम बड़ी दुबली हो गई हो दीदी! दो साल से ही तो तुम्हें नहीं देखा; पर बड़ी कमज़ोर-कमज़ोर लग रही हो, क्या बात है? रंग भी कैसा फीका-फीका सा पड़ गया है!"

"ले, दुबली क्यों होऊँगी? सारे दिन तो फलों का रस पीती हूँ और टॉनिक खाती हूँ! हाँ, यहाँ की आबहवा जरूर अच्छी नहीं है।" दोनों फिर चुप हो गईं।

तभी नौकर ने सूचना दी कि खाना तैयार है। लगा, जैसे यही एक आधार मिला। सरन उठीं और पीछे-पीछे इन्दु उठी। एक-एक कमरे में हज़ारों रुपए का फर्नीचर, 'कार्पेट्स' और परदे लगे हुए थे। कहीं सफ़ाई का और कहीं कुछ मरम्मत का आदेश देती सरन रुकती-रुकती जा रही थीं।

"तू तो मेरे यहाँ पहली बार ही आई है!"

"हाँ," इन्दु का संक्षिप्त-सा उत्तर था। सरन बराबर ही महसूस कर रही थीं कि इन्दु आने के बाद से ही कुछ खिन्न-सी हो चली है। बोल कितना कम रही है! इस उदासी का कारण भी वे जानती हैं, और बहुत चाह भी रही हैं कि अपना ऐश्वर्य उसे न दिखाएँ; पर छिपाएँ भी कहाँ? और सच तो यह है कि जितनी प्रबल इच्छा छिपाने की हो रही थी, उससे ज़्यादा बताने की हो रही थी।

खाने के कमरे में आए तो अनेक व्यंजनों से भरी मेज़ पर गर्व-भरी दृष्टि डालकर बोलीं : "तुझे जो-जो पसन्द हो, वही बता दे, शाम से वही सब बन जाया करेगा!"

"मैं तो सब खाती हूँ..." प्लेट को अपनी ओर सरकाकर सब्ज़ी लेते हुए इन्दु ने कहा। स्वर की लापरवाही सरन को अच्छी नहीं लगी।

"क्यों, अब वे सब नखरे नहीं रहे क्या? पहले तो तेरे बड़े मिजाज़ थे खाने के मामले में!"

"वह बचपन की बातें थीं, अब क्या?" हँसते हुए इन्दु ने कहा। सरन ने ग़ौर किया, हँसती हुई इन्दु कुछ ज़्यादा सुन्दर लगती है।

"तो अब क्या हो गया? मुझे तो खाने का अभी भी बहुत नखरा है।" फिर जैसे न चाहते हुए भी उनके मुँह से निकल गया : "हाँ, नखरा निभाने के साधन होने चाहिए!" यों कहकर स्वयं लगा कि ज़रा कड़ी बात उन्होंने कह दी; पर बात निकल चुकी थी।

दोनों फिर चुपचाप खाने लगीं।

सन्ध्या को चाय पीने के लिए दोनों बाहर लॉन में आईं। हरी मखमली घास पर सफ़ेद पेंट किया हुआ सिंगापुरी केन का सेट हाथी दाँत की तरह चमक रहा था और बगीचे में चारों ओर खुशहाली जैसे बिखरी पड़ी थी। इसी जगह से कोठी का सबसे सुन्दर 'व्यू' दिखाई देता था। इन्दु चाय बनाने लगी तो उसके हाथ से केटली लेकर सरन स्वयं चाय बनाने लगीं। वह इन्दु का ध्यान किसी भी काम में अटकाकर नहीं रखना चाहती थीं...वह चाह रही थीं, इन्दु उनकी कोठी को देखे, उनके बगीचे को देखे, बगीचे की रौनक को देखे।

चाय का पहला घूँट भी नहीं पिया था कि नौकर ने बड़े अदब से एक नीला लिफ़ाफ़ा सामने पेश किया और इन्दु ने इस आश्वस्त भाव से हाथ बढ़ाया मानो वह अच्छी तरह जानती थी कि यह उसका है। मानो वह उसकी प्रतीक्षा में ही थी।

"यह क्या, आज आई और आज ही चिट्ठी भी आ गई मास्टरजी की!" अपार आश्चर्य से सरन ने पूछा।

इन्दु केवल मुस्कुरा दी। अब यह तो कैसे बताती कि उसके रवाना होने के दो दिन पहले ही यह चिट्ठी पोस्ट कर दी गई थी। बस, उसके गालों के गढ़ों के चारों ओर बड़ी ही आकर्षक सुर्खी फैल गई। लिफ़ाफ़े को उसने बिना खोले ही हाथ में दबा लिया।

मिसेज़ सरन को न चाय पसन्द आई, न चाय के साथ का नाश्ता। खानसामे की जगह पास खड़े बैरे पर ही उन्होंने सारा गुस्सा निकाल दिया।

उनकी मित्र-मंडली में से दो-तीन के टेलीफ़ोन आए कि बहन को लेकर क्लब आओ; पर उन्होंने सबको यही जवाब दिया कि आज वह थकी हुई

है, कल लेकर आऊँगी! आज वे चाह रही थीं कि इन्दु के पास बैठकर कुछ बातें करें। सवेरे से दोनों के बीच जाने कैसा अवरोध आया हुआ है कि कुछ बोल ही नहीं पातीं। साथ खाया, साथ बैठीं भी, पर दोनों चुपचाप। इन्दु जब से आई है शायद अपनी ओर से कुछ बोली ही नहीं, बस कुछ पूछो तो संक्षिप्त सा उत्तर दे देती है। बोलेगी भी क्या बेचारी...महसूस तो करती ही होगी कि बोलने लायक़ वह रही ही कहाँ? कोई बात नहीं, वे ही बोलेंगी। लाख ग़लती कर बैठे, है तो आख़िर छोटी बहन ही। माँ के मरने के बाद जब तक वह हॉस्टल नहीं चली गई थी, उन्होंने ही उसकी सबसे ज़्यादा देखभाल की थी।

वे इन्दु के कमरे में घुसीं। देखा, दरवाज़े की ओर पीठ किए वह लिखने की मेज़ पर बैठी कुछ लिख रही है। पास पहुँचकर देखा, सामने एक पत्र खुला पड़ा है और वह पैड पर कुछ लिख रही है—शायद, पत्र का उत्तर! दीदी को आया देख पैड बन्द करती हुई बोली : "आइए दीदी, बैठिए।" सरन पलंग पर बैठ गईं। इन्दु ने अपनी कुर्सी घुमा ली।

कुछ देर तक फिर एक विचित्र-सा मौन छाया रहा।

"इन्दु!" बहुत ही स्नेह-सिक्त स्वर में सरन बोलीं।

इन्दु ने अपनी बड़ी-बड़ी पलकें उठाकर नज़र सरन के चेहरे पर जमा दी।

"सवेरे से तुझसे तो कोई बात ही नहीं हुई। क्या करूँ, इतना बड़ा घर और देखभाल करनेवाली मैं अकेली। जिधर न देखूँ उधर ही अँधेर!"

इन्दु थोड़ा सा मुस्कुरा दी, मानो कह रही हो कि बात न कर पाने की उसे कोई शिकायत नहीं।

"देख रही हूँ, तू भी बहुत बदल गई है। बहुत चुप रहने लगी है। लगता है, जैसे अन्दर-ही-अन्दर कहीं कोई..." आगे सरन से कुछ कहा न गया।

"कौन, मैं? नहीं तो!" इन्दु ने उत्तर दिया।

"साल-भर तक गुस्से में हम लोगों ने तुझसे सम्बन्ध तोड़ लिये। यही समझ ले, हमारे संस्कार थे। पर ये खून के सम्बन्ध भी कभी यों टूटते हैं भला! लेकिन लगता है कि तू अभी भी मान ही किए बैठी है।"

इन्दु सरन को यों देख रही थी मानो समझ ही नहीं रही हो कि यह सब किस बात की भूमिका हो सकती है।

"अपने सुख-दुःख की बात हमसे नहीं कहेगी तो किससे कहेगी?"

"कैसा सुख-दुःख? मैं तो बहुत ख़ुश हूँ।" इन्दु ने मुस्कुराते हुए कहा, पर सरन को लगा कि यह मुस्कुराहट भी निर्जीव है। 'ख़ुश' शब्द का भी केवल उच्चारण-भर किया है, मन में कहीं ख़ुशी नहीं है। स्वर को और कोमल बनाकर बोलीं :

"देख, बाहरवालों के सामने तो ढँकना ही पड़ता है, हम भी ढँकते हैं; पर अपनों से कैसा दुराव?" फिर कुछ रुककर बोली : "पापा ने लिखा था कि पन्द्रह दिनों के लिए उनके पास गई तो मास्टरजी ने पाँच दिन में ही बुला लिया। कहीं आने-जाने की छूट भी नहीं देते हैं शायद?" सरन बड़े ग़ौर से इन्दु की ओर ही देखे जा रही थीं; कहीं तो आकर वह खुले!

इन्दु उसी प्रकार मुस्कुराती हुई बोली : "अरे, वह तो हमारी एक जरूरी मीटिंग थी, इसलिए जाना पड़ा। नहीं तो मुझे सभी प्रकार की छूट है।"

"पैसे की तकलीफ़ भी कम नहीं होगी। कैसे तू घर चलाती होगी, कैसे क्या करती होगी?" उसके अनालंकृत शरीर पर नज़र दौड़ाते हुए सरन ने कहा : "तू चाहे न मान इन्दु, पर बच्चों का जितना हित माँ-बाप देखते हैं; कौन देख सकता है भला! हम तीनों बहनों के सम्बन्ध पापा ने किए और भगवान का दिया सभी सुख आज हमारे पास है। वे अनुभवी होते हैं, आदमी की परख उनको होती है; जानते हैं, कहाँ और किसके साथ उनकी सन्तान सुखी रह सकती है..."

"मेम साब, टेलीफ़ोन है।"

"किसका?"

"सुरजीत मेम साब का। बोला, जरूरी काम है!"

"अच्छा, चलो, आते हैं!" और एक भरपूर नज़र इन्दु के चेहरे पर डालकर वे चली गईं। मन में सन्तोष था, आज अच्छी-खासी भूमिका हो गई, कल तक इन्दु अपने-आप खुल जाएगी।

रात में सोने से पहले उन्होंने एक बार फिर इन्दु के कमरे की ओर

झाँका। वह वैसे ही दरवाज़े की ओर पीठ किए कुछ पढ़ या लिख रही थी। "अभी भी पत्र ही चल रहा है क्या?" बिना इन्दु के कमरे में घुसे वह अपने कमरे में चली गईं और बत्ती बुझाकर सो गईं। रात बड़ी देर तक इन्दु के कमरे से प्रकाश छन-छनकर आता रहा। वे सोचती रहीं, क्या कर रही है वह बैठी-बैठी? क्या लिखते होंगे ये पत्रों में? विवाह को इतने वर्ष हो गए, उन्होंने तो कभी पत्र नहीं लिखे।

क्लब जाने के लिए जब सरन और इन्दु गाड़ी में बैठीं तो इन्दु ने शायद पहली बार अपनी ओर से प्रश्न किया : "कैसा क्लब है दीदी...क्या-क्या होता है वहाँ?" उसका ध्यान सरन के गहनों, भड़कीले वस्त्रों और गहरे मेकअप पर था।

"अरे क्लब क्या, यहाँ का सबसे अच्छा रेस्तराँ हैं। हम आठ-दस फ्रेंड्स चार बजे से छः बजे तक के लिए यहाँ इकट्ठी हो जाती हैं—बस, गपशप, खाना-पीना चलता है। अच्छा समय बीत जाता है!"

लाल-बत्ती हो जाने से गाड़ी खड़ी हुई और मौक़ा पाते ही एक भिखारिन खिड़की में से सिर घुसाकर गिड़गिड़ाने लगी। सरन ने भौंहें चढ़ाकर उसे झिड़का और खिड़की का काँच चढ़ाकर पर्स से 'सेंटेड' रूमाल निकाल नाक पर रख लिया। फिर इन्दु से पूछा : "तुम्हारे नागपुर की 'सोशल-लाइफ' कैसी है? क्या 'एक्टिविटीज' रहती हैं तुम लोगों की?"

"बस, यों ही, कोई ख़ास नहीं।" फिर वही छोटा सा उत्तर।

'मोकेम्बो' के सामने गाड़ी रुकी तो आगे-आगे सरन और पीछे-पीछे इन्दु उतरी। दरवाज़े पर खड़े वर्दीधारी दरबान ने 'अटेंशन' की स्थिति में खड़े होकर तपाक से सलाम ठोंका और दरवाज़ा खोलकर खड़ा हो गया। साड़ी की पटलियों को ठीक करके सरन दो सीढ़ियाँ चढ़ीं और गर्दन को हल्का सा झटका देकर अन्दर घुस गईं। देखा, अन्दर सारी मजलिस जम चुकी थी, और किसी बात पर बड़े ज़ोर का ठहाका लग रहा था। इनको आते देखकर एकाएक ही चुप हो गईं। सरन को लगा, जैसे बात उन्हीं को

लेकर हो रही थी, तभी तो सब यों चुप हो गईं। उस दिन की पार्टी की 'होस्टेस' सुरजीत कौर ने खड़े होकर इन्दु का स्वागत किया...सबकी नज़रें भी उसी पर जमी थीं। सरन ने बड़े औपचारिक ढंग से सबसे परिचय करवाया। बीना और निक्की को देखकर उनका मन कुछ भारी हो आया। वे दोनों बहुत ही कम आती हैं, और जब भी आती हैं, कुछ-न-कुछ ऐसी बात अवश्य हो जाती है कि सरन का मूड बिगड़ जाता है। सरन अच्छी तरह जानती हैं, आज इन्दु की बात सुनकर ही दोनों आई हैं; और एकाएक ही उनका ध्यान इन्दु की साधारण सी नागपुरी साड़ी और अनालंकृत रूप पर चला गया। उन्होंने इन्दु से कितना कहा था कि उनसे लेकर कोई अच्छी साड़ी पहन ले, कुछ जेवर पहन ले, यहाँ सब बड़े-बड़े घर की 'कल्चर्ड' औरतें जमा होंगी; पर वह भी अपनी ज़िद पर अड़ी रही। यह भी उसका अपना 'इनफीरियॉरिटी कॉम्प्लेक्स' है। अच्छा है; अब बने सबके बीच मज़ाक़ की पात्री। उनका क्या है, वे भी सबके साथ मिल जाएँगी! ग़लती उसने की है तो वे कहाँ-कहाँ से बचाती फिरेंगी? फिर सबकी ओर उन्होंने नज़र डाली, जिन्होंने काफी मामूली कपड़े पहन रखे थे, वे भी इन्दु की साड़ी से बहुत बढ़िया थे।

सुरजीत ने 'मीनू-कार्ड' इन्दु की ओर बढ़ाते हुए कहा : "बोलिए, आपके लिए क्या मँगवाया जाए?"

कार्ड पर सरसरी सी नज़र डालकर इन्दु ने कहा : "पाइन एप्पल जूस।"

"और सरन, तुम क्या लोगी?"

"जो तुम खिला-पिला दोगी। हम तो हमेशा 'होस्टेस' की मेहरबानी पर जिन्दा रहते हैं।" और सरन अपनी ही बात पर हँस पड़ीं। बीना ने काँटे पर आलू-चॉप के टुकड़ों को बड़े कौशल से सँभालते हुए कहा : "तुम्हें नहीं पता सुरजीत, मिसेज सरन तो सरन साहब की अनुपस्थिति में एकदम वैरागिन हो जाती हैं। कुछ भी खिला-पिला दो बिचारी को।"

"लो, अच्छी याद दिलाई," निक्की बोली और पास बैठी बीना के कन्धे को अपने कन्धे का हल्का सा धक्का देकर बोली : "आपके लिए एक खुशख़बरी है मिसेज़ सरन!"

मिसेज़ सरन एक तो बीना और निक्की की किसी भी बात में शरीक होना नहीं चाहती थीं, दूसरे उनका ध्यान इस समय इन्दु की ओर चला गया था जो गुजराल से हँस-हँसकर बातें कर रही थी। कल से चुप रहनेवाली इन्दु आख़िर गुजराल से क्या बातें कर रही होगी? पर निक्की थी कि ख़ुशख़बरी सुनाकर ही मानी, और आवाज़ को इतना बुलन्द करके बोली कि अपने ही खाने और अपनी ही बातों में व्यस्त मजलिस के हर व्यक्ति के कानों तक वह पहुँच जाए : "अनिता आज रात के प्लेन से बम्बई जा रही है, सरन साहब के पास कोई सन्देशा भिजवाना हो तो भिजवा दीजिए।" और वह होंठों-ही-होंठों में बड़े व्यंग्यात्मक ढंग से मुस्कुरा दी। सरन ने सभी के चेहरों पर वैसी ही दबी-दबी मुस्कुराहट देखी तो बुरी तरह कट गईं। उतने ही तेज़ स्वर में बोलीं : "ख़ुशख़बरी के लिए धन्यवाद निक्की, पर यहाँ तो ऑफ़िस से हर तीसरे दिन आदमी जाता है। अभी कल ही साहब ने बम्बई से यह साड़ी भेजी है।" पहनी हुई साड़ी की ओर संकेत करके उन्होंने कहा, पर तभी जाने कैसे उनके हाथ के प्याले से थोड़ी सी कॉफी छलककर साड़ी पर गिर पड़ी।

"आए-हाए, साड़ी बिगड़ गई!" प्याले को मेज़ पर रखकर 'नैपकिन' से कॉफ़ी पोंछते हुए वे झल्लाई हुई सी बोलीं।

"लगता है, अच्छे मन से नहीं भेजी है साड़ी, सरन साहब ने। देखो न, आते ही ख़राब हो गई!"

बाथरूम की ओर जाती हुई सरन ने बात सुनी, फिर भी ऐसी बन गईं, मानो कुछ सुना ही नहीं। बस, एक बार उड़ती नज़र से इन्दु की ओर जरूर देखा।

सरन साड़ी धोकर निकलीं तो फिर बैठी नहीं। सुरजीत की ओर देखकर बोलीं : "आज चलेंगे। इन्दु को कलकत्ता भी घुमाना है, कुछ जगह मिलाना-जुलाना भी है।" फिर इन्दु की ओर देखकर उठने का संकेत किया।

किसी ने रुकने का आग्रह भी नहीं किया। सुरजीत कौर दरवाजे तक छोड़ने आई।

गाड़ी में बैठी तो सरन का मूड बुरी तरह 'ऑफ' हो रहा था। "अपने

आपको बड़ा कल्चर्ड समझती है–बदतमीज़ कहीं की! सबकी सब जलती हैं। हम सब बराबरी के ही तो थे, पर सरन साहब इतना आगे बढ़ गए, मिलों पर मिलें खोलते जा रहे हैं तो यों उल्टी-सीधी बातें करके बदनाम करती हैं।'' और भी न जाने क्या-क्या वे बोले चली जा रही थीं; पर शायद उन्हें खुद नहीं मालूम था कि यह सब कहकर वे इन्दु के सामने सफ़ाई पेश कर रही हैं, या अपने मन को तसल्ली दे रही हैं।

घर पहुँचे तो नौकर ने कल की तरह का एक नीला लिफ़ाफ़ा लाकर इन्दु के सामने पेश कर दिया।

''यह क्या, आज फिर चिट्ठी? तेरे मास्टरजी के पास सारे दिन चिट्ठियाँ लिखने के सिवाय और कोई काम ही नहीं है क्या?'' उसी झल्लाहट में वे कह गईं। इन्दु ने कोई जवाब नहीं दिया, बस चिट्ठी लेकर अपने कमरे में चली गई।

खाना खाने के बाद मिसेज सरन ने कई बार सोचा कि इन्दु के कमरे में जाएँ, कल की अधूरी बातों का सिलसिला जोड़ें; पर गईं नहीं।

तीन दिन और बीत गए। सरन ने इन्दु को कलकत्ते के सारे अच्छे रेस्तराँओं में घुमाया, दर्शनीय स्थान दिखाए–कलकत्ता-क्लब दिखाया। जहाँ-जहाँ सरन ले गईं, इन्दु गई...पर बातचीत दोनों में विशेष नहीं हो पाती। साथ रहकर भी सरन बराबर एक दूरी सी महसूस कर रही थीं। एक विचित्र तनाव सा महसूस कर रही थीं। इन्दु की ओर से तो शायद वैसा कोई प्रयत्न भी नहीं था। खाली समय में वह किताब लेकर अपने कमरे में बैठी रहती।

उस दिन सन्ध्या को लॉन में बैठी दोनों चाय पी रही थीं। इन्दु ने पूछा : ''जीजाजी की कोई चिट्ठी नहीं आई दीदी, वे आ कब रहे हैं? आ जाते तो मैं भी मिल लेती।''

सरन हँसी : ''चिट्ठी! अरे, उन्हें कहाँ फुर्सत है चिट्ठी लिखने की! हम तो भाई, जब जरूरत हुई, ट्रंक पर बात कर लेते हैं। जितनी देर चाहो कर लो, दस मिनट, पन्द्रह मिनट, आधा घंटा।''

"तो फिर आज बुक कीजिए न ट्रंक। मैं भी एक बार बात ही कर लूँ।"

सरन ने सेक्रेटरी को बुलवाकर आदेश दिया : "रात ग्यारह के बाद बम्बई के लिए ट्रंक बुक कीजिए, साहब से बात करेंगे।"

चाय समाप्त करके वे इन्दु को लेकर अपने जौहरी की दुकान पर पहुँचीं। बड़े तपाक से स्वागत हुआ। सरन ने कुछ नए डिजाइन के अच्छे-अच्छे सेट निकालने को कहा। देखते-ही-देखते सारा काउंटर मख़मली डिब्बों से भर गया।

"ले, इनमें से एक सेट पसन्द कर ले।" सरन ने सामने फैले जगमगाते हुए डिब्बों की ओर संकेत करके कहा। सेठजी एक के बाद एक डिब्बे खोलते ही चले जा रहे थे और उनके मतानुसार हर सेट अपनी तरह का अनोखा सेट था।

"कौन, मैं?" कुछ आश्चर्य से इन्दु ने पूछा : "मैं तो यह सब पहनती ही नहीं!"

"मैं अपनी ओर से दे रही हूँ, अब पहनना!" सरन ने कहा और ढेर में से एक सेट निकालकर बोलीं : "देख, यह कैसा है? पहनकर देख, तुझ पर खूब खिलेगा!"

बीच में ही सेठजी बोले : "अरे साहब, इसकी तो बात ही मत पूछिए, पाँच सेट के ऑर्डर तो आए रखे हैं। जो भी देखता है, बिना पसन्द किए नहीं जाता!"

सरन के बढ़े हुए हाथ से सेट लेकर वापस उसे काउंटर पर रखते हुए इन्दु ने कहा : "मैं सचमुच ही नहीं पहनती दीदी, लेकर क्या करूँगी?" और सरन कुछ कहतीं, उसके पहले ही बोली : "तुम ज़रा यह सब देखो, जितने में मैं सामनेवाली दुकान से होकर आती हूँ," और वह उतरकर सामने की किताबोंवाली दुकान पर चली गई।

सरन ने अपने को बड़ा अपमानित सा महसूस किया। एक क्षण तो वह इन्दु का जाना देखती रहीं, फिर उन जेवरों में खो गईं। बहुत छान-बीन करके उन्होंने एक हीरे का हार पसन्द किया। गले में डालकर आदमकद शीशे के सामने खड़ी होकर हर एंगिल से उन्होंने देखा। इन्दु हाथ में एक

'पैकेट' लिए लौट आई थी–शायद किताबें लेकर आई थी, पर उन्होंने उसे देखकर भी नहीं देखा, न कुछ पूछा ही। इन्दु ने शायद सरन की बेरुखी भाँप ली, शायद उसे यह भी लगा कि इनकार करके वह ज़्यादती कर गई, इसीलिए स्वयं ही आगे आकर बोली : "इसे ले लीजिए, आप पर बड़ा सुन्दर लग रहा है दीदी!" सरन शीशे में पड़ते इन्दु के प्रतिबिम्ब को देखकर ही बोलीं : "सत्तर हज़ार माँग रहे हैं।" फिर दोनों हाथ पीछे ले जाकर 'हुक' खोलती हुई बोलीं : "यहाँ तो मन पर चढ़ने की बात है, चढ़ गया तो ले ही लूँगी।" फिर सेठजी से कहा : "अभी तो 'पैक' करवा दीजिए... फाइनल जवाब दो दिन बाद दूँगी...ज़रा दो-चार लोगों से और पसन्द करवा लूँ।"

"जरूर-जरूर..." हार को वापस केस में जमाते हुए सेठजी बोले : "इसके बारे में दो राय हो ही नहीं सकतीं, आप दो-चार को छोड़ दस को दिखा दीजिए।"

दोनों लौट पड़ीं।

रात बारह के करीब ट्रंक की लाइन मिली। इन्दु सरन के कमरे में ही बैठी थी। बड़ी फुर्ती से सरन ने रिसीवर उठाया : "हलो...हाँ, मैं मिसेज़ सरन... कौन रामसिंह? साहब को दो, साहब को; हम ज़रा बात करेंगे!" और सरन ने रामसिंह की मोटी किन्तु स्पष्ट आवाज़ में सुना : "साहब तो हुजूर अनिता मेमसाहब के साथ डांस पर गए हैं, आने से हम बोल देगा!"

बात करने को उत्सुक इन्दु ने पूछा : "क्या हुआ, हैं या नहीं?"

रिसीवर को वापस पटकते हुए सरन ने कहा : "ये तो हैं ही नहीं... अच्छी जान मुसीबत में कर रखी है इन्होंने तो अपनी...। दिन में चैन न रात में!" और एक हल्की सर्द-सी आह निकल गई उनके मुख से। इन्दु चुपचाप अपने कमरे में लौट आई।

दूसरे दिन सवेरे ही इन्दु के पास नागपुर से तार आ गया कि फौरन चली आओ। सरन ने चिढ़कर कहा : "यह भी कोई बात हुई भला? बहन के पास रहने का हक़ भी तुम्हें नहीं है। पापा के पास भेजा तो यों बुला

लिया, यहाँ भेजा तो तार आ गया। जैसे वे ही तेरे सब कुछ हैं, हम कुछ हैं ही नहीं।''

''बात यह है दीदी कि उन्हें...'' और इन्दु का चेहरा सुर्ख हो गया और सरन से जाने की अनुमति लेने के लिए वह मुस्कुराई तो गालों के वे गढ़े और गहरे हो गए।

''कुछ बात-वात नहीं है, मैं तार करवा देती हूँ कि अभी नहीं जाएगी!''

''नहीं-नहीं...जाना तो मुझे होगा ही। बात यह है कि...अब तुम्हें क्या बताऊँ!'' और इन्दु चुप हो गई। सरन एकटक इन्दु का चेहरा देख रही थीं। उन्हें लगा, वे चाहे लाख मना करें; पर सामने खड़ी मुस्कुराती इन्दु जाकर ही मानेगी।

और सचमुच ही शाम की गाड़ी से इन्दु ने जाने की तैयारी कर ली। सरन ने उसके लिए फर्स्ट-क्लास का टिकट मँगवा दिया और बहुत इनकार करने पर भी फल और मिठाई के टोकरे तैयार करवा दिए।

दोनों पोर्टिको में खड़ी थीं और सामान कार पर रखा जा रहा था। सरन की आँखें नम हो आई थीं। बड़े ही स्नेह-भरे स्वर में वे बोलीं : ''देख इन्दु, कभी भी किसी चीज़ की जरूरत हो तो निःसंकोच भाव से लिखना। हम लाख बुरे हों, फिर भी तेरे अपने ही हैं।''

''आप भी कैसी बातें करती हैं दीदी, आप लोगों से नहीं कहूँगी तो किससे कहूँगी भला? आप लोगों के सिवाय मेरा है ही कौन?'' इस बार इन्दु का स्वर भी भर्रा गया।

इन्दु की छोटी सी अटैची और एक टोकरी को लिये नौकर उतर रहा था कि जाने कैसे उसका पैर फिसल गया और दोनों चीज़ों सहित वह नीचे जाकर चारों-खाने चित हो गया। ड्राइवर ने नौकर को सँभाला, अर्दली ने लुढ़कती हुई टोकरी को। अटैची खुल गई थी और उसका सामान इधर-उधर बिखर गया था। सामान के साथ ही चार-पाँच नीले लिफ़ाफ़े भी फरफराकर इधर-उधर बिखर गए। सरन एकाएक उन लिफ़ाफ़ों को ही देखती रहीं।... इन्दु ने जल्दी से झुककर सारा सामान वापस अटैची में भर दिया और होंठों पर मुस्कुराहट और आँखों में आँसू लिये अन्तिम बार हाथ जोड़कर गाड़ी

में बैठ गई।

गाड़ी इन्दु को लेकर चली गई।

जब तक गाड़ी आँखों से ओझल नहीं हो गई तब तक सरन एकटक उस ओर ही देखती रहीं। फिर एक निःश्वास छोड़कर भारी क़दमों से लौट आईं। कुछ देर तक वह निरुद्देश्य सी इस कमरे से उस कमरे में घूमती रहीं। फिर अपने कमरे में आकर सेफ़ खोला तो सामने ही कलवाला हीरे का हार रखा दिखाई दिया। उन्होंने उसे निकाल लिया और खोलकर देर तक उसे इधर-उधर करके देखती रहीं। एकाएक ही उन्हें लगा, इन हीरों में तो चमक ही नहीं, ये तो नकली हैं। कल जौहरी उनके साथ धोखा कर गया। इतने विश्वास का जौहरी और धोखा! कल जाने कैसे उन्हें भ्रम हो गया! उन्होंने फिर एक बार ग़ौर से देखा—नहीं-नहीं, ये हीरे नहीं हो सकते। इतने फीके और मन्दे...बिल्कुल सादे काँच के टुकड़ों की तरह...!

नशा

"सत्यानाश हो उस हरामी के पिल्ले का, जिसने ऐसी जानलेवा चीज़ बनाई!"...खाली बोतल को हिला-हिलाकर शंकर इस तरह ज़ोर-ज़ोर से चिल्ला रहा था जिससे कि रसोई में काम करती हुई उसकी पत्नी सुन लें। "घर का घर तबाह हो जाए, आदमी की जिन्दगी तबाह हो जाए; पर यह जालिम तरस नहीं खाती! कैसा मूर्ख होता है आदमी भी, वह समझता है वह इसे पी रहा है; पर असल में यह आदमी को पीती है, आदमी की जान को, आदमी के ख़ून को पीती है...उसके ईमान को पीती है, हाँ-हाँ!" यों ही बकता-बहकता, खाली बोतल का मुग्दर घुमाता हुआ शंकर रसोई के दरवाज़े पर पहुँच गया : "देखा, यह खाली हो गई?" और बोतल को उल्टी करते हुए बोला : "एकदम खाली! अब मैं चाहता हूँ कि मैं इसे भरूँ और पिऊँ और यह कम्बख्त चाहती है कि यह मेरे पेट में भर जाए और मुझे पिए!...पिएँ...दोनों खूब पिएँ!"

आनन्दी सिर झुकाए हुए जौ की मोटी-मोटी रोटियाँ सेंक रही थी। वह सब सुनती है, पर बोलती नहीं। क्या बोले? बोलने को उसके पास कुछ है भी नहीं, कभी भी तो कुछ नहीं कहा। वाणी कुन्द हुए वर्षों हो गए। वह जानती है, शंकर को कल पीने को नहीं मिला, वह बहुत कष्ट पा रहा है। परसों उसने बहुत चाहा था कि किसी तरह कुछ पीस डाले, पर उठा ही नहीं गया। सारा बदन जैसे जुड़ गया था। इस गठिया ने उसे अपाहिज बना दिया है। कल सारे दिन शंकर बका था, आनन्दी पर दो-तीन लातें भी पड़ी थीं;

पर वह पैसा न दे सकी।

"कल रात तो तूने बड़ी देर तक पीसा था, आनन्दी। पिसाई नहीं मिली क्या?" बिना पिए शायद शंकर को सारी रात नींद नहीं आई, तभी तो उसे मालूम है कि उसने सारी रात पीसा। पर पिसाई, कैसे दे-दे वह पिसाई? आनन्दी का मन बड़ा बोझिल हो आया। एक हूक-सी उठी मन में। हथेलियों के छाले पिड़ा उठे।... पर शंकर को फिर नींद नहीं आएगी। ये जौ की रोटियाँ उसने बनाई हैं, वह खाएगा नहीं। सारी दोपहरी, सारी रात बकेगा, तड़पेगा, उसे मारेगा। आनन्दी उठी, ताँबे की एक कटोरी में से कुछ पैसे लाकर उसने शंकर के हाथ में रख दिए।

"तेरी-जैसी सती नार का भगवान जरूर भला करेगा आनन्दी! तेरा बेटा भी एक दिन लौट आएगा, जरूर-जरूर लौट आएगा। ऐसी औरत के साथ तो भगवान भी दुश्मनी नहीं निभा सकता!"

शंकर चला गया तो वह अपनी हथेलियाँ देखने लगी—छालों से भरी हुई हथेलियाँ। टप-टप आँसू टपकने लगे आँखों से। उसके छालों पर हमेशा आँसुओं का ही तो मरहम लगा है।

"हे भगवान, मुझे मौत आ जाए!...कोई मुझे यहाँ से ले जाए!" एक घुटी-घुटी सी आह और उससे भी ज़्यादा घुटी-घुटी आवाज़।

"सुनती है, आनन्दी, तेरे बेटे की चिट्ठी आई है! अरे, वह जीता-जागता है, बड़ा आदमी हो गया है!" हाथ में चिट्ठी लिए दौड़ता सा शंकर आनन्दी के पास आया : "देख-देख, किशनू की चिट्ठी आई है! उसने कपड़े की दुकान कर ली है!...ले, देख, देख!"

अवाक् सी आनन्दी शंकर का मुँह देखती रह गई। शंकर के हाथ में बोतल नहीं, काग़ज़ था। गोबर से सने हाथ आनन्दी ने एक बार आगे बढ़ाए, फिर वापस खींच लिए। कहीं पैसे लेने के लिए शंकर उसके साथ मज़ाक़ तो नहीं कर रहा है? उसकी आँखों में कुछ ऐसा भाव उभर आया, मानो कह रही हो, ऐसा क्रूर मज़ाक़ मत करो मेरे साथ! तुम्हें पैसे चाहिए

तो यों ही माँग लो।

"बुद्धू-जैसी क्या देख रही है? देख, अपने बेटे की लिखाई पहचानती है या नहीं?" और पत्र को उसने आनन्दी की आँखों से सटा दिया, "तेरे नाम लिखी है—अपनी माँ के नाम। मुझसे तो वह आज भी गुस्सा है। हरामी कहीं का!"

गाली आनन्दी के सीने में जा लगी।

"सुन, क्या लिखा है," और शंकर ज़ोर-ज़ोर से पत्र पढ़कर सुनाने लगा : "कपड़े की दुकान जम गई तो शादी भी कर ली!...एक छोटा सा पक्का मकान भी बना लिया।...अब तुझे मैं अपने ही साथ रखूँगा। यह सब मैंने तेरे ही लिए किया है, माँ!...मैं तुझे लेने आ रहा हूँ...।"

आनन्दी को लगा, जैसे यह सब शंकर पढ़ नहीं रहा; किशनू बोल रहा है। किशनू की आवाज़ वह कभी भूल सकती है भला! उसकी आँखों के सामने किशनू का आँसू-भरा चेहरा उभर आया।

"अरे, कल तेरा बेटा आ रहा है—बारह साल बाद। राम चौदह साल बाद आए थे तो अयोध्यावालों ने दीवाली मनाई थी। तू भी दीवाली मना, तेरा राम आ रहा है न!...आज तो दो रुपए माँगू तो भी कम हैं। सच कहता हूँ जो परसों से एक बूँद भी गले के नीचे गई हो तो! और अब क्या बात है! तेरे बेटे का मकान है, कपड़े की दुकान है।" कहकर शंकर ने सामने रखी गोबर की ढेरी पर कसकर एक लात मारी। दूर-दूर तक गोबर छिटक गया : "तू अब उपले नहीं थापेगी, समझी? कुछ नहीं करेगी। चल, दो रुपए दे, निकाल।"

आनन्दी ने चुपचाप हाथ धोए। दो रुपए दिए। दो रात उसने सिलाई की थी, और दिन में उपले थापे थे, सूत काता था, तब जाकर अढ़ाई रुपए मिले थे। आठ आने का धान लाई थी, बाक़ी रुपए...

रुपए हाथ में आते ही शंकर ने जल्दी-जल्दी सिर पर साफ़ा लपेटा और चलने लगा। आनन्दी ने धीरे से कहा : "चिट्ठी तो देते जाओ।"

"ले ये चिट्ठी। अरे, मैं कोई झूठ थोड़े ही बोल रहा हूँ? कल तेरा बेटा आ रहा है। जा, किसी से पढ़वा ले। सत्यानासी बुलाए बिना नहीं मानी।

बदजात कहीं की!" और लम्बे-लम्बे डग भरता वह बाहर निकल गया।

कल किशनू आ रहा है, सचमुच ही किशनू आ रहा है। और जैसे इतनी देर बाद उसे पहली बार बोध हुआ कि उसके जीवन में क्या कुछ घट गया। बारह साल बाद उसका बेटा आ रहा है—एकाएक चबूतरे पर बैठकर ही आनन्दी फूट-फूटकर रो पड़ी। ऊपर से सदा ही शान्त रहनेवाले पर्वत के भीतर का ज्वालामुखी जब फूटता है तो कोई भी शक्ति उस आवेग को रोक नहीं पाती। बारह साल बाद वह कल अपने किशनू को देखेगी! उसका बेटा, उसका खोया हुआ बेटा वापस आ रहा है!...शंकर आज के दिन भी शराब पीने गया। क्यों नहीं वह सारे मुहल्ले में दौड़ता फिरा? क्यों नहीं उसने घर-घर जाकर ख़बर दी कि किशनू आ रहा है? क्यों नहीं उसके पास बैठकर उसने बात की कि किशनू के आने की तैयारी में क्या-क्या किया जाए?... तैयारी? उसकी आँखों के सामने ताँबे की खाली कटोरी घूम गई। शंकर के प्रति तीखी घृणा और विरक्ति से उसका मन भर गया।

वह उठी। अपने घर के चारों ओर उसने नज़र डाली। कितना बदल गया है उसका घर इन बारह सालों में! कच्ची दीवारों में मोटी-मोटी दरारें पड़ गईं हैं, आँगन में जहाँ-तहाँ से गोबर की मोटी-मोटी पपड़ियाँ उतर गई हैं। उसने आजकल लीपना-पोतना भी छोड़ ही दिया था। इतना समय ही कहाँ रहता था उसके पास। फिर किसके लिए लीपे-पोते? किशनू क्या कहेगा यह घर देखकर? लेकिन एक दिन में अब वह कर भी क्या सकती है?

साँझ आई और चारों ओर धुँधलका छा गया तो मूँज की ढीली-ढाली खटिया आँगन में डालकर वह लेट गई।

"दीया बाट, बहू खाट!" थककर बड़ी रात गए वह सोने जाती तो भी उसकी सास उसे ताना सुनाया करती थी। आज तो सचमुच ही वह दीया जलते ही खाट पर आ लेटी थी। आज वह रोटी नहीं बनाएगी। सवेरे उसने रोटी नहीं खाई थी, उससे खाई ही नहीं गई। शंकर आकर वही रोटी खा लेगा। पीकर आता है तो उसे गर्म रोटी चाहिए। न मिलने पर वह गुस्से में मार भी बैठता है। फिर भी आनन्दी नहीं उठी। आज और मार ले, कल तो फिर उसका बेटा आ जाएगा। फिर देखे तो, कोई उसको हाथ लगा के!

किशनू ने सारी चिट्ठी माँ के लिए ही लिखी है। अपने कक्का के लिए कुछ भी नहीं लिखा। कुछ भी हो, कम-से-कम चिट्ठी में तो कुछ लिख देता। आख़िर बाप है। पर वह जानती है कि किशनू कितना जिद्दी, कितना गुस्सैल है। तभी तो भाग गया। फिर भी बाप के लिए एक अजीब सी करुणा उसके मन में उभर आई।

शंकर अभी तक नहीं लौटा। पता नहीं, कब लौटेगा! आज के दिन न पीता तो क्या हो जाता?

सामने मिट्टी के पक्के चबूतरे पर नज़र गई। सीमेंट के गमले में सूखी, मरियल सी तुलसी की चार-पाँच टहनियाँ इधर-उधर सिर झुकाए दिखाई दे रही थीं, आठ-दस पीले मुरझाए पत्ते हवा में लटक रहे थे, पत्तों पर धूल की परत जमी हुई थी। आनन्दी आजकल तुलसी पर दीया नहीं जलाती। जिस दिन किशनू भागा था, उस दिन से उसने दीया नहीं जलाया। कौन सी कामना बाक़ी रह गई थी, जिसके लिए वह दीया जलाती? पर इस समय मन हुआ कि एक दीया जलाकर रख दे। आनन्दी ने उठकर पहले तुलसी में पानी दिया, फिर दीया जलाकर रख दिया।

प्रकाश का एक वृत्त रह-रहकर काँपने लगा। अनेक स्मृतियाँ काँपने लगीं—अनेक चित्र काँपने लगे।

...दस साल की आनन्दी जेवरों से लदी-फँदी इस घर की पुत्रवधू बनकर आई थी। उसकी सास ने उससे चबूतरे पर दीया जलवाया था और कहा था कि अपने सुहाग की मनौती माँग लेना, बहू। रोज़ इस पर दीया जलाना, घर की यह तुलसी कल्प-तरु है।

सुहाग का वह तब अर्थ भी नहीं जानती थी; फिर भी उसने अपने सुहाग की कुशलता की कामना की थी, रोज़ दीया जलाने का संकल्प किया था।

बहू का नयापन दो ही दिन में उतर गया था और उसे पता लग गया था कि इस घर, इन जेवरों और गायों-भैंसों के बीच जो कुछ है वह बहुत ही कष्टकर है। उसे पल-पल में रोना आने लगा।...माँ, कक्का, दद्दा आदि याद आते। वह छिप-छिपकर बिसूरती। सास देख लेती तो ऐसे नोंचती कि मांस निकल आता। किसी काम में कसर रह जाती तो सास ऐसे लतियाती

कि वह औंधे मुँह गिरकर तड़फड़ाने लगती।...उसकी बोली बन्द हो गई, बस, आँसू बहते रहते और आँसू बहाते-बहाते एक दिन उसे एक नया ज्ञान हुआ कि यह सास उसके जीवन की कर्णधार नहीं—शंकर उसके जीवन का कर्णधार है। और तब वह उस दिन की राह में समय काटने लगी जब उसका असली कर्णधार उसका भार सँभालेगा। वह दिन तो जल्दी ही आ गया; पर कर्णधार भार सँभालने के बजाय भार बन गया—ऐसा भार, जिसे ढोने के लिए उसे अपने कन्धे बड़े कमज़ोर लगे।

शंकर घर का इकलौता लड़का था। पिता थे नहीं। माँ के पास बेटे के अवगुण देखनेवाली आँखें नहीं थीं। उसे सही रास्ते पर लगानेवाला कोई अंकुश नहीं था। उसे पीने की जो लत पड़ी तो घर का धन ही नहीं गया, आनन्दी की क़िस्मत और बच्चों का भविष्य भी चला गया। माँ के मरने के बाद शंकर बिल्कुल बिलल्ला ही हो गया। दो बच्चे बीमारी में तड़पकर मर गए। बच्चे चले गए, खेत-खलिहान चले गए, गाय-भैंसें चली गईं। रह गए शंकर और किशनू। किशनू को छाती से लगाए-लगाए वह काम करती। न हाथ रुकते, न आँसू। शंकर या तो सोता या नशे में उत्पात मचाता! वह मार खाती, किशनू मार खाता।

चौदह साल का किशनू एक दिन तैश में आ गया और बाप पर झपट पड़ा : "कक्का! तुमने माँ के हाथ लगाया तो मैं तुम्हारा ख़ून पी जाऊँगा!... मैं सच कहता हूँ, तुम्हारा ख़ून पी जाऊँगा!" और वह बाप से जूझ गया।

"मैं तेरे हाथ जोड़ती हूँ किशनू, तू हट जा! तुझे मेरे सिर की सौगन्ध है जो तू कक्का पर हाथ उठाए। तू हट जा, किशनू, हट जा!"

और किशनू हटा तो ऐसा हटा कि बारह साल तक मुँह नहीं दिखाया।

आनन्दी शंकर के पैरों पर गिर-गिरकर रोई, बोली : "मेरे बेटे को ढुँढ़वा दो। मैं उसे लेकर कहीं चली जाऊँगी! उसके बिना मुझसे जिन्दा नहीं रहा जाएगा! मैं तुम्हें जिन्दगी-भर पीने को दूँगी, अपना हाड़ गला-गलाकर पीने को दूँगी! तुम मेरे किशनू को ढूँढ़ दो!"

पर न शंकर ने किशनू को ढूँढा, न आनन्दी मरी। हाँ, हाड़ गला-गलाकर वह पिलाती रही और शंकर पीता रहा।

"माँ, मेरा बटुआ रख लेना ज़रा," बटुआ थमाकर, धोती कन्धे पर डालकर किशनू नहाने चला गया।

आनन्दी का मन हुआ था, कह दे; मेरे पास बटुआ मत रख किशनू, नहीं तो...पर उससे कुछ भी नहीं कहा गया था।

किशनू घर से अभी निकला भी नहीं था कि शंकर सामने खड़ा था : "निकाल रुपए। तू सोचती है, सारी कमाई तू अकेली ही हड़प लेगी?...बेटे का पैसा अकेले-अकेले न पचेगा, वह मेरा भी बेटा है। निकाल।"

काँपते हाथ से आनन्दी ने दो रुपए निकालकर दे दिए। अन्दर कितने रुपए हैं, उसने झाँककर भी नहीं देखा। वह किशनू से कह देगी कि उसी ने रुपए निकाले हैं, उसे जरूरत थी। लेकिन शंकर को क्या कभी समझ नहीं आएगी? वह पीकर आएगा, वैसे ही बकेगा-झकेगा। क्या सोचेगा किशनू? अभी तक किशनू ने नहीं पूछा था कि कक्का अब भी पीते हैं या छोड़ दी। क्या पूछे, पीनेवालों की सूरत ही बता देती है, पर क्या आज ही वह सब नाटक फिर होना था? क्यों उसने रुपए दिए? उसे अपने पर ही क्रोध आने लगा। मना कर देती तो क्या कर लेता? अब उसे डर ही किस बात का है? उसका कमाऊ बेटा उसे लेने आ गया है। वह अपने को ही कोसने लगी—उसे रुपए नहीं देने थे। क्यों दे दिए उसने रुपए?

किशनू खा-पीकर गाँव में लोगों से मिलने निकला, तो बोला : "माँ, ज़रा बटुआ देना।"

काँपते हाथ से आनन्दी ने बटुआ पकड़ा दिया। दो रुपए की बात गले में आकर भी अटक गई। बिना देखे ही बटुआ जेब में रख, किशनू निकल गया। आनन्दी उसे देखती रही—लम्बा-चौड़ा जवान!...कल पड़ी-पड़ी वह सोच रही थी कि बेटे को अपनी दुःख-गाथा सुनाएगी...इतने दिनों का अपना बोझ हल्का करेगी। पर बेटे के सामने तो उसकी जीभ ही जैसे तालू से सट गई। यह किशनू अब बारह साल पहलेवाला किशनू नहीं रह गया था। वह सोच रही थी कि पहले की तरह ही वह उसकी गोद में सो जाएगा और वह एक-एक करके बताएगी कि उसने कितना-कुछ सहा। लेकिन...

"सत्यानाश हो उस हरामी के पिल्ले का, जिसने ऐसी जानलेवा चीज़ बनाई!" नशे में धुत्त, लड़खड़ाता शंकर घुसा तो किशनू अवाक् सा उसका मुँह देखता ही रह गया। उसकी आँखों में ख़ून उतर आया। उसने आनन्दी की ओर देखा। आनन्दी की अपराधी नज़रें झुक गईं। "क्या-क्या लाड़ लड़ रहा है माँ से?...अरे, अपने बाप को भी तो कुछ दे!...जो कुछ देना है इधर दे, इधर। मैं तेरा बाप हूँ, साले!" लड़खड़ाता हुआ शंकर भीतर चला गया।

"यह पैसा कहाँ से लाते हैं?"

आनन्दी चुप।

"मैं पूछता हूँ, यह पैसा कहाँ से लाते हैं?"

आनन्दी की आँखों से टप्-टप् आँसू बहने लगे।

"तू देती है? तू पीने को देती है? क्यों? क्यों देती है तू उसे पैसा? क्यों तू अपने पैरों में कुल्हाड़ी मार रही है, माँ?"

सिसकियाँ, दबी-दबी, घुटी-घुटी सिसकियाँ।

"मैं सोच रहा था कि पैसा नहीं रहा होगा तो कक्का रास्ते पर आ गया होगा। पर अभी भी वही हाल है। पिछले बारह सालों से यों ही तू इस निखट्टू को पिला रही है न?"

"मुझे यहाँ से ले चल, किशनू...यहाँ से ले चल! मैं अब एक दिन भी इस घर में रहना नहीं चाहती। मैंने बहुत सहा है, अब और नहीं सहा जाता, मुझे यहाँ से ले चल आज ही।" आनन्दी फूट-फूटकर रोने लगी।

किशनू ने कमीज़ की बाँहों से ही आँखें पोंछते हुए कहा : "आज ही तुझे ले चलूँगा, माँ, आज ही। सोचा तो था कि कक्का को भी ले चलूँगा, पर अब नहीं। यह ले जाने लायक़ ही नहीं हैं।"

"कौन साला जाता है तेरे साथ? निकल जा तू मेरे घर से। दोनों निकल जाओ। कोई बेटा-बेटी नहीं है मेरा। कोई औरत-वौरत नहीं है मेरी। जाओ, सब जाओ।" खटिया पर बैठा-बैठा शंकर अनाप-शनाप बक रहा था।

आनन्दी सारे दिन रोई। उसने अपने फटे-पुराने कपड़ों की गठरी बाँध ली।

रो-रोकर सबसे मिल आई। उसका बेटा उसे लेने आ गया। वह जा रही है, अब कभी इस घर में नहीं आएगी। पिछले चालीस साल उसने इसमें काटे हैं। इस घर को और घरवाले को अपना ख़ून पिलाया है। रो-रोकर उसने कामना की है कि हे भगवान, किसी तरह मेरा बेटा लौटा दे, अपने बेटे को लेकर मैं कहीं चली जाऊँ।...आज वह दिन आ गया। फिर भी आनन्दी रो ही रही है।

शाम को शंकर आया तो नशे में धुत्त। कपड़े की बँधी गठरी को लात से एक ओर उछालता हुआ बोला : "मैं एक-एक का ख़ून पी जाऊँगा।... देखूँ कौन माई का लाल ले जाता है मेरी जोरू को!" और उसने आनन्दी को बड़ी बेरहमी से पीटना शुरू कर दिया। एक भरपूर लात पेट में पड़ी तो आनन्दी को गश-सा आ गया। कराहकर इतना ही वह कह सकी : "बचा, बेटे, किशनू, बचा!"

किशनू के नथुने फड़क रहे थे और आँखों के डोरे सुर्ख हो उठे थे। एक धक्के में उसने शंकर को दूर पटक दिया और आनन्दी को खाट पर डालता हुआ बोला : "और दे पैसे!...मेहनत-मज़दूरी कर और पिला इस साँड़ को!" किशनू आनन्दी पर ही बरसने लगा।

दर्द से कराहती हुई आनन्दी कह रही थी : "मुझे यहाँ से ले चल, किशनू!"

निकलने की बेला आई, तो रुलाई का आवेग सँभल नहीं रहा था। आस-पास की सभी औरतें विदा करने आई थीं।

"ले जा, भइया, अपनी माँ को। बड़े-बड़े दुःख सहे हैं बेचारी ने।"

"अरे किशनू, इस गाय को ले जा शंकर कसाई के घर से। कसाई भी अच्छा जो एक दिन ही मारकर छुट्टी कर देता है। इससे तो..."

चलने से पहले झिझकते-झिझकते आनन्दी ने कहा : "बेटा, दस रुपए हों तो दे, मानकी की माँ के चुकाने हैं।"

"हाँ-हाँ, ले," दस का एक नोट किशनू ने माँ के हाथ में थमा दिया।

सबकी नज़रें बचाकर आनन्दी उस नोट को ताँबे की कटोरी में डाल आई। फिर घबराते दिल से आकर सबके बीच में मिल गई।

रात के धुँधलके में आनन्दी किशनू के साथ इक्के पर बैठकर चली। धूल उड़ाता इक्का आगे बढ़ गया। घर पीछे छूट गया। पता नहीं, कहाँ बैठकर वह पी रहा होगा।

शहर में बना छोटा सा, साफ़-सुथरा, पक्का मकान। आनन्दी की छोटी-सें-छोटी आज्ञा को पूरी करने में सदा तत्पर बेटे-बहू। इससे बड़े सुख की कल्पना भी वह नहीं कर सकती थी।

दुकान से आते ही किशनू पास आकर पूछता : "क्या ख़बर है, माँ?"

"अच्छी हूँ, बेटा।"

"कुछ भी चाहिए तो माँग लेना। मन ऊबे तो पड़ोसियों के यहाँ चली जाया करो।"

किशनू खाता तो माँ को पास बिठा लेता। बहू गर्म-गर्म फुलकियाँ उतारकर देती जाती। घी महकता रहता। दो तरकारियाँ, दाल, चटनी...और अनायास ही आनन्दी की आँखों में न जाने ऐसा क्या पड़ जाता कि पानी-ही-पानी बहने लगता। वह बार-बार आँखें पोंछती, पर एक चित्र था कि मिटता नहीं, धुँधला नहीं होता, उभर-उभरकर आता...रसोई के अँधेरे कोने में अधजली, अधपकी सूखी रोटियाँ, न घी, न तरकारी, पानी के घूँट के सहारे जैसे-तैसे निगलता हुआ शंकर...

"देखो अम्मा, एक और रोटी नहीं लेते। एकदम करारी करके लाई हूँ। यह भी कोई खाना हुआ भला?" बहू ठनककर शिकायत करती।

करारी और गर्म रोटी का कितना शौक है शंकर को! ठंडी रोटी देखकर वह आनन्दी को मार बैठता था।

"कितना तो खा लिया, तुम तो हद कर देती हो। देखो तो माँ, तुम्हारी इस बहू ने कितना मोटा कर दिया है मुझे।"

"कहाँ हो रहा है मोटा? जवानी में ऐसा शरीर नहीं रहेगा तो बुढ़ापे में क्या करेगा? सारा दिन काम करके आता है, खिलाएगी नहीं? कौन औरत होगी जो अपने सुहाग का ख़याल न रखती होगी! अपने आदमी का..."

बाक़ी बातें गले में ही अटक जातीं।

"आज यह क्या हो रहा है, माँ?"

"कुछ नहीं, यों ही ज़रा सिलाई लेकर बैठ गई।" सिटपिटाते हुए आनन्दी ने कहा।

"तुम बहू से करवा लिया करो, तुम्हारी बहू सिलाई जानती है।"

"मेरी सिलाई नहीं है, बेटा, पड़ोसियों की ले आई हूँ। सारे दिन खाली बैठे-बैठे ऊब जाती हूँ न, इसी से।"

"ओ हो! यह बात है! भले लोग हैं, चली जाया करो उधर।"

"दिन में चली जाती हूँ।"

आते-जाते किशनू पूछता ही रहता—माँ, कुछ चाहिए तो नहीं? माँ, तुम कभी घूमने-फिरने भी चली जाया करो।...माँ तुम्हारा मन तो लग जाता है न?

बहू दिन में दस चक्कर लगाती—अम्माजी, यह खा लीजिए। अम्मा, आज क्या तरकारी बनाऊँ?...लाओ, अम्मा, तुम्हारे सिर में तेल डाल दूँ।

आजकल आनन्दी सारे दिन सिलाई करती है। पड़ोसियों के घर में शादी है, ढेर-सारी सिलाई ले आई है। बहू सोचती है, चलो अच्छा है, अम्मा का मन लगा रहता है। अम्मा ने बड़ी लगन से बहू से क्रोशिये की बेल बनाना सीखा। आनन्दी की लीची-जैसी गिचगिच आँखें और महीन धागे का फन्दा—आँखों पर ज़ोर पड़ता है, पर वह छोड़ती नहीं।

रात में देर तक आँखें गड़ाए हुए क्रोशिया चलाते देख एक दिन किशनू बोला : "माँ, छोटी-मोटी सिलाई कर दिया करो। तुम तो बेगार ही लेकर बैठ गईं पड़ोसियों की। अब क्या तुम्हारी आँखें ऐसी हैं जो यह सब काम करो?"

तो आनन्दी ने उठाकर रख दिया और बत्ती बुझाकर सो गई। लेकिन आधी रात के क़रीब जब सब सो गए तो वह फिर उठी, दरवाज़ा बन्द किया और बत्ती जलाकर बुनने बैठ गई। अँगुलियाँ उसकी जकड़ रही थीं, पर वह बुनती रही। धीरे-धीरे फन्दे में से फन्दा निकलता रहा।

दूसरे दिन आनन्दी को मामूली सी हरारत हो गई। आनन्दी बुख़ार में

भी बराबर काम करने की आदी थी, पर किशनू और बहू ने उसे सुला दिया। किशनू नाराज़ भी हुआ : "इस तरह सिलाई-बुनाई करने की क्या जरूरत थी भला? बैठे-बिठाए बुख़ार बुला लिया।"

"मैं तो अच्छी हूँ, तुम लोगों ने ज़बर्दस्ती मुझे बीमार बना दिया।"

"अच्छा-अच्छा, तुम बिस्तरे से मत उठो। देखो, माँ को उठने मत देना। आऊँगा तो दवा लेता आऊँगा।"

देवी-देवता जैसे हैं उसके बेटे-बहू।

कितना ख़याल रखते हैं उसका! जाने कौन सा पुण्य किया था उसने, जो उसका बुढ़ापा सुधर गया। एक ठंडी साँस उसके कलेजे से निकल गई– सन्तोष की या विषाद की, वह स्वयं नहीं समझ पाई।

किशनू दवाई लेकर लौटा तो आनन्दी तकिए के सहारे बैठी अपनी अकड़ी हुई उँगलियों को देख रही थी। जब तक हाथ चलते रहे, कुछ पता नहीं लगा था, पर अब तो ज़रा सा हिलाने में भी दर्द होता है। किशनू को देखते ही उसने हाथ चादर के नीचे ढँक लिए।

"क्या ख़बर है माँ, कैसा है बुख़ार?" और आनन्दी के पास बैठकर उसने उसका हाथ खींचकर बाहर निकाला।

आनन्दी दर्द को पी गई।

"बुख़ार तो इस समय नहीं लगता।" पत्नी को पुकारते हुए किशनू बोला : "अरे, सुनती हो, ज़रा एक गिलास पानी लाना। अम्मा को दवाई देनी है।" और फिर जेब से पुड़िया और शीशी निकालने लगा।

तभी पड़ोसियों का दस साल का लड़का हाथ में काग़ज़ का छोटा सा टुकड़ा लिए हुए घुसा।

"नानीजी, अम्मा ने यह रसीद भेजी है और कहा है कि देख लीजिए, पूरे बीस रुपए पहुँच गए हैं।" रटे हुए वाक्य की तरह वह बोला और काग़ज़ उसने आनन्दी की ओर बढ़ा दिया।

"रसीद? बीस रुपए?" आश्चर्य से किशनू ने कहा और आनन्दी के

उठे हुए हाथ को पीछे छोड़कर उसने लड़के के हाथ से रसीद ले ली। वह बीस रुपए के मनीऑर्डर की रसीद ही थी। मनीऑर्डर शंकर के पास भेजा गया था। किशनू ने आनन्दी की ओर देखा।

लड़का लौट रहा था; पर जैसे उसे फिर कुछ याद आ गया हो, वह फिर मुड़ा : "अम्मा ने कहा है, आपका सारा हिसाब हो गया है नानीजी।" और वह दौड़ गया।

आनन्दी की अपराधी नज़रें एक क्षण को किशनू से मिलीं और फिर नीचे को झुक गईं।

"ऐसा ही था तो तू मुझसे कह देती, माँ। रात-दिन जुतकर सिलाई-बुनाई करने की क्या जरूरत थी?"

आनन्दी की आँखों से टप्-टप् आँसू बह रहे थे।

इनकम टैक्स और नींद

घड़ी ने आठ के घंटे बजाए तो डॉक्टर दयाल ने दोनों हाथों की उँगलियों को आपस में उलझाकर सारे बदन को झकझोर देनेवाली एक अँगड़ाई ली और फिर एक बड़ी उड़ती सी नज़र सामने की गली में आते-जाते लोगों पर डाली। सोचा, पन्द्रह मिनट और बैठ लें, शायद कोई आ ही जाए। पर जब सवा आठ भी बज गए और कोई नहीं आया तो वे उठे। तेजा जाट को तो आना ही चाहिए था, उसे उन्होंने तीन दिन की दवाई दी थी। आज उसकी बारी थी, पता नहीं शायद बच्ची ठीक हो गई हो। उठकर उन्होंने अपनी पाजामेनुमा पतलून को फटकारा और गोल टोपी सिर पर रख ली। कुर्सी पर पैर रखकर कैनवास के जूते पहने, कोने से छाता उठाया और लोहे की छड़ पर लटकी लालटेन को उतारकर बुझाया तो एकाएक चारों ओर अँधेरा छा गया। अँधेरे में भी बड़े सधे हुए हाथों से उन्होंने टीन का दरवाज़ा बन्द किया, साँकल लगाई और दो बड़े-बड़े ताले लगा दिए। चाबी जेब में रखकर तालों को झटका दे-देकर खींचा, ताले बन्द थे। दो क़दम चलकर उन्होंने पीछे मुड़कर दुकान की ओर देखा। अँधेरा था; फिर भी वे बदरंग दरवाज़े, जिन पर जगह-जगह से वॉर्निश की पपड़ियाँ उतर गई थीं, उनकी आँखों के आगे साकार हो गए। दरवाज़े के ऊपर लटका साइनबोर्ड भी उन्होंने पढ़ लिया—''डॉक्टर दयाल प्रसाद चतुर्वेदी, बाल-रोग-विशेषज्ञ।'' उन्होंने शुरू से ही अपने को डॉक्टर दयाल के नाम से परिचित करवाया, डॉ. चतुर्वेदी के नाम से नहीं। उन्हें डर था कि कहीं लोग उन्हें डॉ. चौबे न कहने लग जाएँ।

चौड़े रास्ते पर आए तो ख़याल आया, किसी तरह पाँच-सात रुपए महीने में एक कमरा उन्हें इस रास्ते पर मिल जाए, जिसमें बत्ती भी हो तो उनकी प्रेक्टिस फिर धड़ल्ले से चल निकले। यह कमरा तो एकदम गली में पड़ जाता है, आख़िर लोग सामने से गुजरेंगे, तभी तो जानेंगे।

घर पहुँचे तो बड़ी लड़की सरोज ने ख़बर दी : "बाबूजी, लखनऊ से कल महिमा जीजी आ रही हैं, उनका यहाँ कोई सेमिनार है, उसी के लिए।"

"महिमा कौन, बिट्टी?" दयाल ज़रा चौंके, फिर धीरे-धीरे हाथ-मुँह धोकर, ऊँची-ऊँची धोती और लट्ठे की बंडी पहने मूँज की खाट पर बैठते हुए पूछा : "बचुआ नहीं आया अभी?"

"नहीं। पता नहीं क्या बात है, तीन-चार दिन से रोज़ ही नौ बजे लौट रहा है। यह आढ़त का सेठ तो इसका तेल निकाल के रख देगा। बड़ा परेशान भी रहता है।" थाली में दाल, अचार और चार मिस्सी रोटियाँ रखते हुए रामेश्वरी ने कहा और थाली स्टूल पर रख दी।

"हूँ," दयाल ने एक गहरा निःश्वास छोड़ा।

"कल लखनऊ से बिट्टी आ रही है। भाई साहब ने इस लड़की की ज़िन्दगी ख़राब करके रख दी। छब्बीस बरस की बिन-ब्याही लड़की घर में बिठाकर रख ली। कितना-कितना समझाया मैंने, पर बाप-बेटी दोनों को बस एक ही ज़िद थी—डॉक्टरी पढ़ेगी। लो साब, हो गई डॉक्टर...अब बस सेमिनार-वेमिनार में ही डोलती फिरो, घर-ठिकाना तो कोई होता नहीं है इनका। पता नहीं साला क्या जमाना आया है!" और गटागट की आवाज़ के साथ उन्होंने एक साँस में ही गिलास खाली करके थाली एक ओर को सरका दी।

"अब हम क्या करें, समझाना अपना काम था। न माने, उनकी मरजी।" डॉक्टर साहब की थाली में ही अपने लिए रोटी-दाल रखते हुए पत्नी ने कहा।

"मेरे भी पीछे पड़े थे कि बचुआ को भी डॉक्टरी में भेजो, डॉक्टरी में भेजो... सो भइया, अपना तो इस ऐलोपैथी में ज़रा भी विश्वास नहीं और फिर घर में सभी डॉक्टर हो जाओ, यह भी कोई बात हुई भला? वकील

बनाना, इंजीनियर बनाना...'' और वे एकाएक ही चुप होकर धीरे-धीरे पेट पर हाथ फेरने लगे।

तभी महिम ने प्रवेश किया।

''कौन, बचुआ? इतनी देरी से कैसे आए? साढ़े नौ बजनेवाले हैं। तुम्हारा तो सात तक का टाइम है न?''

''क्या बताऊँ बाबूजी, कुछ ऐसी ही बात हो गई है। बस, बड़ी परेशानी है।''

डॉक्टर साहब एकदम उठ बैठे : ''क्या बात है बचुआ, कैसी परेशानी है?''

''इनकमटैक्स वालों की ओर से जाँच हो रही है। अब ये लोग गोलमाल तो दुनिया-भर का किए रहते हैं। सारा काम मुझे सौंपा गया है कि जैसे भी हो सारे बही-खातों को इस रूप में तैयार करूँ कि कोई आँच न आए। बच गए तो एक हज़ार रुपए देने का वायदा किया है।''

''अच्छा...पर कर सकोगे तुम?''

''देखिए, कोशिश तो कर रहा हूँ। दो आदमी और साथ हैं।''

''देखो बेटा, होशियारी से करना। कहीं तुम मत फँस जाना। आजकल इन इनकमटैक्स वालों ने तो सारे शहरवालों की नाक में दम कर रखा है।''

''लो बचुआ, पहले खा लो। सवेरे नौ बजे के गए हो। तुम्हारा यह काम तो बड़ा प्राण-लेवा है। मैं तो कहूँ, नौकरी हो तो सरकारी। सामने वकील साहब के बेटे को देखो। सवेरे दस बजे जाना और शाम को पाँच बजे फिर घर में दाख़िल। दोनों जून गरम-गरम खाना खावे है, क्या सेहत बना रखी है!''

''बचुआ, कल बिट्टी आ रही है, महिमा। तुम स्टेशन जा सकोगे?'' दयाल पत्नी की बात को यहीं समाप्त कर देना चाहते थे।

''महिमा? महिमा कैसे आ रही है?'' कुछ आश्चर्य-मिश्रित प्रसन्नता से महिम ने पूछा।

''पता नहीं उसका कोई सेमिनार है।''

''मैं तो पूरे सात साल बाद उससे मिलूँगा। अब तो वह पूरी डॉक्टर

बनी घूमती होगी!"

और फिर एकाएक सब चुप हो गए। दयाल की आँखों के आगे बिट्टी और बचुआ के बचपन के अनेक दिन घूम गए, जब वे साथ-साथ खेला करते थे। उम्र में भी दोनों में केवल दो महीने का अन्तर था। भाई साहब ने नाम भी दोनों के महिम ओर महिमा रख दिए थे। मैट्रिक तक दोनों साथ ही पढ़े थे। उसके बाद भाई साहब लखनऊ चले गए और फिर तो पिछले दस सालों में मुश्किल से एक-दो बार मिलन हुआ। दो साल पहले महिमा डॉक्टर हो गई और वहीं के सरकारी अस्पताल में हाउस-सर्जन है आजकल।

"बड़े बेमौक़े आ रही है महिमा। मुझे तो सात-आठ दिन तक अभी सिर उठाने की भी फुर्सत नहीं रहेगी।"

खाना समाप्त हुआ तो रामेश्वरी ने बड़े यत्न से एक गिलास में दूध भरा और महिम के पास ले आई।

"यह क्यों लाई?"

"पी लो बचुआ, इतना काम तुम करते हो और आजकल तो वैसे भी बड़े कमज़ोर हो रहे हो।" महिम ने गिलास ले लिया।

"तुम इस काम से फुर्सत पाओ तो ज़रा मेरठ चले जाना। बल्लभ बाबू ने एक लड़का बताया है। जायचा तो बहुत बढ़िया जुड़ा है। देख लो। सारा मामला जम जावे तो आती सर्दियों में सरोज की शादी कर दूँ, तब तक मैट्रिक भी हो जाएगी।"

इसके बाद थोड़ी देर तक तीनों चुप रहे, फिर महिम उठकर अन्दर चला गया।

महिमा आई तो सबको लगा कि हाँ, सचमुच उसे देखे सात साल बीत गए हैं। जैसी-की-तैसी होकर भी वह कहीं से बहुत बदल गई थी। उसकी हर बात और व्यवहार में एक विचित्र सा आत्मविश्वास झलक पड़ता था। उसने चाचा-चाची के पैर छुए; सरोज, शशि को प्यार किया और फिर पूछा; "महिम कहाँ है?"

''काम पर गया है। बड़ी जिम्मेवारी का काम सौंप रखा है उसके मालिक ने। कल कह भी रहा था कि बड़े बुरे मौक़े पर आ रही है महिमा। मुझे तो ज़रा भी फुर्सत नहीं रहेगी इस सप्ताह!'' रामेश्वरी ने कहा।

''एक सप्ताह के लिए कोई ख़ास काम दिया है उसे, कर लेगा तो एक हज़ार रुपए खड़े कर लेगा।'' और फिर दयाल ने एक उड़ती सी नज़र महिमा पर डाली। उसकी सिल्क की साड़ी फरफरा रही थी और अँगूठी में जड़ा हुआ नगीना रह-रहकर चमक उठता था।

''तीन दिन तक जो मन में आए कर ले; फिर तो उसे एक दिन की छुट्टी लेनी ही पड़ेगी। मैं छोड़नेवाली थोड़े ही हूँ चाचाजी। सात साल बाद हम मिलेंगे और वह एक दिन की छुट्टी नहीं लेगा?'' और महिमा हँस पड़ी।

''क्या करे बेटी, वह तो कल से ही महिमा-महिमा कर रहा है, पर समझ लो, पूरी फर्म की जिम्मेदारी उसकी है? एक तरह से मैनेजर ही है। क्लर्क, किरानी हो तो यह सुख तो रहता है कि आदमी सब जिम्मेदारियों से मुक्त। बड़े पद पर काम करो तो फिर...''

''अरे सरोज, तू इतना शरमा क्यों रही है? चाची, इसे तो मैट्रिक के बाद लखनऊ भेज दीजिए, वहीं कॉलेज ज्वाइन कर लेगी।''

दयाल हँसे : ''लखनऊ क्या बिट्टी, अब तो ससुराल ही भेजेंगे। हम तो भाई मैट्रिक के बाद लड़की को घर रखने में विश्वास नहीं करते। एक बहुत ही अच्छा लड़का है मेरठ में—इंजीनियर है, घर भी खूब अच्छा है। बस, बचुआ ज़रा देख आए तो आती सर्दी में शादी कर दूँ।''

''अभी से? आप भी चाचाजी कमाल करते हैं।'' और फिर लाल-गुलाबी होती सरोज को देखकर पूछा : ''क्यों री, आगे पढ़ेगी-लिखेगी नहीं? अभी से घर-गृहस्थी करने का शौक आ रहा है?''

''लड़कियों को तो घर-गृहस्थी ही करनी है, जितनी जल्दी सँभालें उतना ही अच्छा।'' और फिर एक क्षण रुककर बोले : ''भाई साहब तुम्हारे बारे में भी कुछ सोच रहे हैं या नहीं?

''मेरे बारे में? उसमें पिताजी क्या करेंगे? वह तो मैं खुद ही कर लूँगी।'' महिमा हँसी; पर दयाल उसके हँसते चेहरे पर कहीं गहरी उदासी की छाया

ढूँढ़ने का प्रयत्न करने लगे।

"तू तो हाउस-सर्जन है न? क्या मिल जाता है?"

"वहाँ से तो 350 रुपए मिलते हैं, यों मैंने अपनी प्राइवेट प्रेक्टिस भी शुरू कर रखी है। अब तो कुछ-कुछ जम भी गई है।"

"कितना हो जाता है इससे?"

"यही 300-400 के क़रीब।" बड़ी ही लापरवाही से उसने जवाब दिया। "अब तो मैंने अपना चेम्बर भी ले लिया है, गाड़ी भी ले ली है। आप तो लखनऊ आते ही नहीं, आइए तो ठाठ देखिए अपनी बिट्टी के!"

"कैसे आऊँ बेटा? अपने मरीज़ों को किसके भरोसे छोड़ूँ? पता नहीं, तुम लोग कैसे घूम-फिर लेते हो?" फिर पत्नी की ओर देखकर बोले : "आज तुम मुझे जरूर देर कराओगी, अभी तो तुम्हारा खाना ही शुरू नहीं हुआ। बिट्टी के आने की ख़ुशी में काम-धन्धा ही भूल गईं?" और वे फीकी सी हँसी हँसे।

"नहीं-नहीं, अभी सब हुआ जाता है। अभी तो एक घंटे की देरी है। तुम्हें और बिट्टी को साथ ही खिला दूँगी। तुम अपनी दुकान चले जाना, बिट्टी अपनी मीटिंग में चली जाएगी।"

दयाल खो-खो करके बड़ी ज़ोर से हँसे : "तेरी चाची को इस जिन्दगी में तो डिस्पेंसरी या चेम्बर बोलना नहीं आएगा। दुकान कहती है, जैसे साली कोई बनिया-पंसारी की दुकान हो। हो...हो...हो..."

नहा-धोकर चाचा-भतीजी दोनों खाने बैठे तो सरोज फुलके सेंक-सेंककर दे रही थी—पतले-पतले और फूले हुए। दो सब्ज़ी, रायता, चटनी, सभी कुछ था थाली में।

"अरे यह क्या, रोज़ का खाना दे दिया, वैसे तो बिट्टी घर की ही है; पर अब तो मेहमान की तरह हो गई है, कुछ तो बनाया होता।" फिर गिलास से पानी लेकर थाली के चारों ओर छिड़कते हुए पूछा : "क्यों बिट्टी, तू भी खाना बना लेती है या नहीं?"

"यों ही बस, काम-चलाऊ।"

"नो...नो...। बड़ी ग़लत बात है। लड़की चाहे कुछ भी बन जाए; पर

घर-गृहस्थी का काम तो उसकी सबसे बड़ी विशेषता है, सबसे बड़ा गुण है। हमारी तो शशि भी ऐसा फर्स्ट-क्लास खाना बनाती है कि बस! खाना ही क्या, कम-से-कम दस-बारह तरह की मिठाइयाँ बना लेती है; नमकीन तो सब तरह के!'' फिर पत्नी को आदेश दिया : ''सुनो, आज सरोज-शशि के हाथ से कोई मिठाई बनवाकर खिलाओ बिट्टी को।'' और वे जल्दी-जल्दी खाना खाने लगे।

खाना समाप्त हुआ तो उठते हुए बोले : ''अच्छा, तो हम तो अब चले। चार बजे तो बिट्टी, तुम लौट आओगी न? तभी बैठकर बातें होंगी, इस समय तो ज़रा भी देर होने से सारा गड़बड़ हो जाता है। तुम तो खुद जानती हो। यह पेशा ही ऐसा है कि केस हाथ में ले लो तो घर-बार, अपना-पराया सब भूल जाना पड़ता है।'' और उन्हें महिम की बात याद आई। ''बाबूजी, पतलून पर ऐसी टोपी मत लगाया करिए।'' और उन्होंने उसे हाथ में ही रहने दिया, नीचे उतरकर पहन लेंगे।

शाम को दयाल लौटे तो महिमा, सरोज, शशि और रामेश्वरी के साथ गप्पें लड़ा रही थी। दयाल को लगा; महिमा में गरूर-घमंड ज़रा भी नहीं आया। जितना स्नेहपूर्ण व्यवहार इसका पहले था उतना ही अब भी है। इस तरह सबके बीच बैठकर बातें करना उन्हें बहुत भला लगा।

''तो गप्पाष्टिक-मंडली जुड़ी है!'' हँसते हुए उन्होंने कहा। फिर पत्नी से पूछा, ''इसे कुछ खिलाया-पिलाया भी या बातों से ही पेट भर रही हो? पूछ लो, क्या-क्या पसन्द है इसे। यह तो चाय-वाय भी पीती होगी।''

''हूँऽ! पीती हूँ चाचाजी, और पी भी ली। चीनी की जगह आपकी दवाई की गोलियाँ घोल ली थीं मैंने, वह भी तो चीनी ही है।'' और वह खिलखिलाकर हँस पड़ी।

''इन शक्कर की गोलियों में जो जादू है न बेटी, सो उस तक तो तुम्हारी डॉक्टरी और सर्जरी भी नहीं पहुँच सकती, समझीं।'' और वे अपने कमरे की तरफ़ चले गए।

नहाकर अपना खादी का तौलिया तार पर सुखाते समय उनकी नज़र एक ओर फैले बॉम्बे-ड्राइंग के फरवाले मोटे तौलिए पर पड़ी। वहीं से बोले :

"क्यों बिट्टी, तुम्हारी ऐलोपैथी इस विषय में क्या कहती है? यह कहाँ की सफ़ाई है भाई, कि बिना धोए सात दिन तक उसी तौलिए से बदन पोंछते जाओ? हमसे तो यह एक दिन भी बर्दाश्त नहीं हो सकता। ये फर के तौलिए तो मैं देख ही नहीं सकता। खादी के तौलिए से इनका कहीं मुक़ाबला हो सकता है भला! पोंछा और धोकर सुखा दिया। दूसरे दिन देखो तो धुला-धुलाया साफ़। और मैंने तो बड़ी साइज के तौलिए लाकर एक-एक के दो कर दिए, सबके अलग-अलग।" और फिर उन्होंने अपने उस आधे तौलिए की ओर कुछ इस भाव से देखा कि महिमा का फरवाला तौलिया उसके सामने बड़ा फीका और बेमानी हो उठा।

महिमा हँसी : "हमारी ऐलोपैथी की किताबों में बीमारियों के बारे में रहता है चाचाजी, तौलिए, गिलाफ और चद्दरों के बारे में नहीं। होमियोपैथी की किताब की बात मैं नहीं जानती।"

"अरे, देख लिया तेरी ऐलोपैथी को! अभी तक सुनते ही थे कि इन लोगों में केवल बाहरी टीमटाम होती है, अन्दर से तो पोचे होते हैं, एकदम पोचे। अब के यह भी देख लिया। क्यों जी, तुमको तो याद होगा, वह सेठ साहब के पोतेवाला केस..."

"याद क्यों नहीं?" पत्नी ने धीरे से कहा।

"सेठ सूरजमल का नाम तो तूने भी सुना होगा। उनका पोता बीमार। सारे यू.पी. के बड़े-बड़े डॉक्टर और सर्जन जुटा दिए, पर किसी की समझ में ही नहीं आया कि आख़िर है क्या। बस, बच्चा पन्द्रह दिन से बेहोश पड़ा था। आख़िर सेठ साहब मेरे पास आए। अब मेरे लिए यहाँ के मरीज़ों को छोड़कर बाहर जाना इतना मुश्किल, पर नहीं माने साब; आख़िर जाना पड़ा। चालीस रुपए रोज़ पर गए थे, फोर्टी रुपीज पर-डे। कार में ही ले गए।" और फिर एक बार उन्होंने महिमा की ओर देखा, और उसके चेहरे पर अपनी बात की प्रतिक्रिया पढ़ने का प्रयत्न किया।

"मैंने जाकर देखा तो सिर पीट लिया।" और उन्होंने अपनी जाँघ पर हथेली की थाप मारी : "सारा केस बिगाड़ कर रख दिया। मैंने तो सेठ साहब से साफ़ कह दिया कि अब तो आपने बहुत देरी कर दी...अब तो

इन डॉक्टरों से ही कहिए कि ठीक करें। बीमारी मुँह पर लिखी रखी है और ये दुनिया-भर के एक्स-रे और एक्जामिनेशन करके भी ग़लत बीमारी का इलाज़ कर रहे हैं। सेठ साहब बेचारे रो पड़े : डॉक्टर साहब, इस महीने में ही बीस हज़ार खर्च कर चुका हूँ। पैसे की आप चिन्ता मत करिए, जैसे भी हो, मेरे बच्चे को बचा लीजिए। अब आप बिगड़ी बात बना दीजिए।" केस की गम्भीरता की भूमिका बाँधकर डॉक्टर दयाल दो मिनट को रुके। उनकी पत्नी और दोनों लड़कियाँ हज़ारों बार सुने इस क़िस्से को बड़े ध्यान से सुन रही थीं, मानो पहली बार ही सुन रही हों!

"ख़ैर साब, मैंने भी भगवान का नाम लेकर वन थाउजेंड पोटेंसी की एक डोज दी। रात को नौ बजे पहली खुराक़ दी थी और सवेरे पाँच बजे लड़के ने पहली बार आँख खोलकर पानी माँगा। सारे डॉक्टर हैरान, सेठजी ने मेरे पैर पकड़ लिए। यू.पी. का वह सबसे बड़ा सर्जन पूछने लगा : आपने कौन सा अमृत पिला दिया साब? हमारे तो बीमारी ही समझ में नहीं आ रही है। अब मेरी दवाई वे क्या समझते? तुम लोगों को तो ये चीनी की गोली लगती हैं। हाँ भाई, ठीक है, हमारे पास बड़ी-बड़ी मशीनें और औजार नहीं हैं, चैम्बर और गाड़ी नहीं है, बस बीमारी की पकड़ है।"

और महिमा को याद आया कि जब तीन साल पहले उसका छोटा भाई आया, तब चाचाजी को यह केस समाप्त किए एक साल हो चुका था; पर इसके सिवाय वे और किसी विषय पर बात नहीं करते थे। बात किसी भी प्रसंग पर चल रही हो, बड़े ही कौशल के साथ वे उसे इससे जोड़ देते थे और फिर दो घंटे तक इतना रस लेकर सुनाते कि बस! महिमा को लगा, चाचाजी उसी मूड में आ गए हैं, सो उसने सीधा ही ब्रेक लगाया : "पर वह बच्चा तो मर गया था न?"

"हाँ, सो तो उन लोगों की बेवकूफ़ी से ही मर गया। उस बच्चे के बाप बड़े विलायती विचारों के थे। बम्बई से एक जर्मन डॉक्टर पकड़ लाए। सौ रुपए रोज़ पर आया था। बारह दिन में बारह सौ रुपए और बच्चे की जान लेकर चलता बना। हरे राम...हरे राम...! क्या बताएँ, भाई, आज का ज़माना ही ऐसा है कि हर चीज़ को पैसे से नापते हैं। बीस रुपए फीसवाला डॉक्टर

है तो जरूर बड़ा होगा; बीस रुपए फीसवाला स्कूल है तो जरूर अच्छा होगा। घर का सरो-सामान बेचकर वहीं जाएँगे, चाहे डॉक्टर के नाम पर घसियारा ही बैठा हो।" फिर एक क्षण रुके : "अपना तो भाई, उसूल ही दूसरा है। डॉक्टरी को हम पेशा कम और सेवा-कार्य ज़्यादा मानते हैं। अपने दो रुपए फीस रखो, सभी बीस रख लेंगे तो ग़रीबों की गुज़र कैसे होगी?" फिर एकाएक ही पूछा : "तू कितनी फीस लेती है बिट्टी?"

"आठ रुपए।"

"ये देखो!" जाँघ पर ज़ोर की एक थाप देते हुए दयाल बोले : "अभी दो साल डॉक्टरी किए हुए, आठ रुपए फीस हो गई। तभी चेम्बर और गाड़ी आ गई। हद है भाई, तुम लोगों की भी।"

"पर चाचाजी, जिस तरह महँगाई बढ़ रही है, उसमें एक साधारण ढंग की आरामदायक जिन्दगी बसर करने के लिए हमें भी तो आख़िर कुछ चाहिए न?" महिमा ज़रा तैश में आ गई : "और फिर गाड़ी तो डॉक्टर के लिए आराम की नहीं, आवश्यकता की चीज़ है। एक ही राउंड में कितनी विजिट्स दे आते हैं। बिना गाड़ी से आपका समय बर्बाद नहीं होता है? आप एक राउंड में कितने मरीज़ों को देख लेते हैं?"

डॉक्टर दयाल ने उत्तर देने के लिए बात का शुरू वाला हिस्सा पकड़ा : "बहुत रईसी की ज़िन्दगी चाहे न जी हो; पर ऐसी कोई तकलीफ़ भी नहीं देखी। तीन-तीन बच्चों को पढ़ा-लिखाकर तैयार कर दिया। सरोज की शादी का पूरा इन्तजाम है। खाया-पहना भी अच्छा ही।" और उन्होंने एक सरसरी नज़र कमरे के चारों ओर और अपनी बच्चियों के कपड़ों पर डाली। सब कुछ ठीक ही था।

इतने में महिम ने प्रवेश किया।

"अरे, महिम," महिमा उठकर उसके गले से लिपट गई : "बदतमीज कहीं का, ख़बर कर दी थी आने की, फिर भी सारे दिन शकल नहीं दिखाई दी। ठहर जा, तेरी मैनेजरी तो मैं झाड़ूँगी। चार दिन के लिए आए हैं, यह नहीं कि एक दिन छुट्टी ही ले लेता?"

"अरे डॉक्टरनी बन गई है तो बड़ी इतरा रही है। तेरे लिए छुट्टी ले

लूँगा, ऐसी ही लाट साहब हो गई है न?''

दयाल बड़ी ममता-भरी आँखों से भाई-बहन का यह मिलन देख रहे थे। चाची और लड़कियाँ मुस्कुरा रही थीं। एक क्षण को जैसे सब भूल ही गए कि इन आठ-दस सालों में दोनों परिवार बहुत-बहुत दूर जा पड़े हैं। छत पर हल्का सा अँधेरा छाया हुआ था और दयाल चाह रहे थे कि अँधेरा किसी तरह गहरा हो जाए और महिमा महिम का सूखा-मुर्झाया चेहरा न देखे। पर महिमा ने जैसे अँधेरे में भी उसे देख लिया। पीठ पर धौल जमाते हुए कहा : ''क्यों रे मैनेजर, तेरा रौब-वौब मान लेते हैं लोग? सींकचिया पहलवान तो हो रहा है। मैनेजर है तो उसके लायक़ ज़रा पर्सनेलिटी तो बना।''

महिम समझ गया कि यह मैनेजरवाली बात जरूर बाबूजी ने कही होगी : ''तू रोगियों पर अपने शरीर का ही रौब डालती है शायद। ख़ासी मोटी हो रही है। एक महीने में कितने रोगी मारती है?''

''लो बचुआ, अब हाथ-मुँह धो तो खाना लगाऊँ। फिर सारी रात लड़ते-झगड़ते रहना।''

महिम अपने कपड़े लेने के लिए कमरे की ओर चला तो दयाल भी पीछे-पीछे गए। आवाज धीमी करके बोले : ''कुछ सँभल रहा है काम? बेटा, खूब होशियारी से करना। यह इनकमटैक्सवालों का चक्कर होता बुरा ही है।'' फिर ज़रा ठहरकर कुछ अटकते-अटकते बोले : ''देखो, महिमा तुम्हारी बराबरी की बहन है, फिर भी अब ज़रा बड़ी हो गई है। सो बहुत घुल-मिलकर बातें मत करना ज़रा...मेरा मतलब हँसो, बोलो, पर यह नहीं कि अपनी सारी-की-सारी बातें बताते रहो या उसकी खोद-खोदकर पूछो। सच बात यह है कि अब हमारे वैसे सम्बन्ध रहे नहीं... तुम समझ गए होगे... यानी...'' और वे चुपचाप बाहर चले गए।

पत्नी से जाकर कहा : ''बचुआ को इस्तरी किया हुआ कुरता-पाजामा दे देना, समझीं!''

खाने बैठे तो महिमा ने चम्मच माँगा। रामेश्वरी ने वहीं से हाथ बढ़ाकर जर्मन-सिल्वर का एक चम्मच पकड़ा दिया तो दयाल ने डाँट दिया : ''अरे, स्टील का चम्मच दो। दर्जनों चम्मच स्टील के पड़े होंगे पर तुम्हें...'' और

वे चुप हो गए।

"यही ठीक है," और महिमा ने खाना शुरू कर दिया। रामेश्वरी अन्दर जाकर अल्मारी में से स्टील का चम्मच ले आई। पर वह पड़ा ही रहा।

"तुम लोग डॉक्टर भले ही हो जाओ, भले ही चैम्बर खोल लो और गाड़ियाँ रख लो, फीस बीस रुपए रख लो, पर मामूली सफ़ाई तुम लोगों को कभी नहीं आएगी। अब यह काँटे, चम्मच, छुरी की ही बात लो। मैं पूछता हूँ, इसमें कहाँ की सफ़ाई है भला? एक ही चम्मच सबके मुँह में जाता है... बस, ऐसे ही बीमारियाँ फैलती हैं। वरना अपना हाथ बस अपने ही मुँह में जाए और धोया और साफ़। बचुआ ने भी बड़ी रट लगाई थी, पर भाई, मैंने तो एक नहीं चलने दी।" और उन्होंने दाल का एक सड़ाका खींचा।

महिमा धीरे से मुस्कुरा दी।

"देखो बिट्टी, बुरा मत मानना, तुम्हारी इस ऐलोपैथी ने मानव-जाति का कल्याण कम और नाश ज़्यादा किया है। एक दवाई लो, उसका एक्शन कम, रिएक्शन ज़्यादा होता है। हमारी होमियोपैथी करेगी तो भला ही करेगी, बुरा करने का सवाल उठता ही नहीं। ओनली एक्शन, नो रिएक्शन।" और उन्होंने बड़े आत्मविश्वास और गर्व से महिमा की ओर देखा मानो कह रहे हों : "बोलो, है कोई जवाब इस बात का?"

"यदि ऐसी बात होती न चाचाजी, तो दुनिया भी आख़िर इतनी पागल नहीं है कि अपना बुरा करनेवाली चीज़ के पीछे ही यों जान झोंके रहती। मेडिकल-साइंस ने इतनी उन्नति आपकी होमियोपैथी के बूते पर तो की नहीं। यह कुछ नहीं, केवल वैद्यों, हकीमों और होमियोपैथी डॉक्टरों का फ्रस्ट्रे..." पर एकाएक अपने तैश पर काबू पाकर वह चुप हो गई।

महिमा ने शब्द अधूरा छोड़ दिया था, पर दयाल ने पकड़ लिया। उछलकर बोले : "अच्छा, हमारा फ्रस्ट्रेशन है तो हमारी दुकान...डिस्पेंसरी में भीड़ यों ही लगी रहती है? लोग शहर के बड़े-बड़े डॉक्टरों को छोड़कर गली की उस छोटी सी डिस्पेंसरी में यों ही आते हैं?" तैश के कारण दयाल कुछ हकलाने लगे : "और...और तमाशा तो यह, जब शहर के सारे डॉक्टरों के यहाँ धक्के खाकर निराश हो जाते हैं तब हमारे यहाँ आते हैं...यानी होपलेस

केस, फिर कुछ करते ही हैं कि आज तक साख बनी है, भीड़ रहती है।"

हाथ थामकर दयाल महिमा की ओर देखने लगे।

"अरे बाबा, तुम खा तो लो, फिर बहस कर लेना," रामेश्वरी ने टोका। महिमा खुद इस समय महिम से बातचीत करना चाहती थी सो चुप रहकर उसने सारी बहस को समाप्त ही कर दिया।

तीन दिन तक महिम सवेरे सात से रात के आठ-नौ बजे तक काम पर रहता। आता तो दयाल पूछते : "कुछ हो रहा है, कर लोगे कुछ? देखो बेटा, खूब होशियारी से करना। आजकल चारों तरफ़ यही सुन रहे हैं कि बड़ी पकड़-धकड़ हो रही है।"

"उम्मीद तो पूरी है कि कोई आँच नहीं आएगी। बेचारों की नींद हराम हो रही है। एक सप्ताह से सोए नहीं हैं। बैठे रहते हैं या घूमते रहते हैं। न खाया जाता है न पिया जाता है।"

"सो तो होगा ही बेटा...सो तो होगा ही। इतनी चिन्ता लेकर कोई सो सकता है भला?"

दूसरे दिन सवेरे बल्लभ बाबू आए तो दयाल ने बड़े गर्व से महिमा का परिचय करवाया। उसकी डॉक्टरी से बिना ज़रा भी प्रभावित हुए उन्होंने सीधे पूछा, "मेरठ जाने का क्या रहा?"

"बचुआ ज़रा एक जिम्मेवारी के काम में फँस गए हैं, खाली होते ही भेज दूँगा।"

"तुम लोगों से हो लिए शादी-ब्याह। ऐसे कामों में ढील देने से कहीं लड़के रहते हैं! बचुआ काम में फँसे हैं तो तुम क्यों नहीं चले जाते?"

"मैं कैसे जा सकता हूँ दाऊ? पीछे मरीज़ों का क्या होगा? मेरे लिए निकलना कौन सम्भव है?"

हथेली पर चूना और सुरती को मलते-मलते दाऊ बोले : "खाक मरीज़! ऐसे कौन से मरीज़ हैं तुम्हारे जिन्हें छोड़कर नहीं जा सकते? मुश्किल से चार मरीज़ होंगे। अरे, दयाल, अब यह डॉक्टरी छोड़ो और लड़कियों को पार

लगाओ। बचुआ कमाते ही हैं, यों भी तुम्हारी अब क्या आमदनी...''

''पोस्ट-मैन!''

दयाल को लगा, जैसे यह पोस्टमैन नहीं, कोई साक्षात देवदूत आ गया हो। उस ओर झपटे, पर इसी बीच महिम ने पत्र ले लिया था।

''किसका है?'' कुछ अतिरिक्त उत्सुकता दिखाते हुए उन्होंने पूछा। महिम पत्र पढ़ रहा था। दयाल ने दूर से ही पहचान लिया कि टाइप किया हुआ कोई पत्र है।

''यह टाइप की हुई चिट्ठी किसकी है?''

ज़रा चिन्तित भाव से पत्र को वापस लिफ़ाफ़े में डालते हुए महिम ने कहा : ''अजीब मुसीबत है। इनकम-टैक्स ऑफ़िस से आपके नाम आई है। रिटर्न-सबमिट करने को कहा है।''

''देखूँ?'' और उन्होंने अपनी बंडी की जेब से चश्मा निकालकर आँखों पर चढ़ाया : ''लो, यह नई मुसीबत और आ गई।'' इस समय उनका सारा ध्यान महिम के चेहरे पर था। ''कई बार सोचा कि जाकर टैक्स कटवाने लग जाऊँ, पर सुनते हैं, इतनी परेशानी का है सारा हिसाब-किताब कि हिम्मत ही नहीं हुई। अब सारी परेशानी एक साथ ही हो जाएगी। जाएँगे भाई।'' पर उनके स्वर में न परेशानी की बू थी, न मुसीबत की; बल्कि कहीं प्रसन्नता और सन्तोष ही छलका पड़ रहा था।

''पर तुम्हारे पास यह इन्क्वायरी क्यों आई? तुम्हारी प्रेक्टिस तो मुश्किल से सवा सौ-डेढ़ सौ की होगी!'' बल्लभ बाबू ने पीक को किसी तरह निचले होंठ में ही सँभाले हुए कहा।

इस बार दयाल हँसे : ''अच्छा हो दाऊ, यह बात तुम वहाँ समझा आओ। कह देना, उसके तो मुश्किल से चार मरीज़ हैं, उसकी क्या इनकम है। मैं भी मुसीबत से बचूँ।'' फिर चिट्ठी बल्लभ बाबू की ओर बढ़ाते हुए बोले : ''अब यह चिट्ठी तुम्हारे सामने भी है, कोई मैंने तो अपने नाम लिखकर डाल नहीं दी। और उस ऑफ़िस में आख़िर कोई भाँग खाए लोग तो बैठे नहीं रहते हैं कि बैठे-बैठे हर किसी को चिट्ठी ही लिखते रहें। लो, देखो...देखो।''

"इसमें क्या देखना?" और बल्लभ बाबू पीक थूकने छत पर चले गए।

"अरे भाई, बनिए की दुकान हो या ऐसा-वैसा काम हो तो आदमी छिपा भी ले, डिस्पेंसरी की भीड़ तो छिप नहीं सकती। जिसमें तो आधे लोगों को फ्री देखता हूँ; फिर भी आ ही गई इन्क्वायरी।" बल्लभ बाबू के लौटने से पहले ही उन्होंने महिमा को सुनाकर वाक्य पूरा कर दिया।

महिमा निर्विकार भाव से बैठी थी; पर महिम बहुत परेशान हो उठा था। यह चक्कर कितना विकट होता है, अनुभव उसे अभी हो ही रहा था।

"हम अब चले भाई!" छत से लौटकर बल्लभ बाबू ने बिना कुर्सी पर बैठे सीधे छड़ी उठाई : "और देखो, सम्बन्ध करना हो तो लड़के को देख-भाल लो। इन कामों में देरी ठीक नहीं होती!" और अपनी खाट पर से ज़रा सा उठकर उन्होंने बल्लभ बाबू को विदा दे दी। फिर बड़े सधे से स्वर में बोले : "आई है तो भोगेंगे भाई...आख़िर कब तक धूल झोंकी जा सकती है? और सच तो यह है कि हम खुद भी ऐसा कोई काम करना नहीं चाहते। अरे कमाते हैं तो सरकार का हिस्सा उसे भी देंगे।" फिर महिमा की ओर देखकर बोले : "क्यों महिमा, तुम लोगों का क्या हिसाब रहता है इनकमटैक्स का?"

"तनख्वाह का तो अस्पताल में ही कट जाता है, बाक़ी अलग से दे देते हैं।"

"हमसे ही ग़लती हो गई भाई! ख़ैर, अब सही। अपनी ग़लती के लिए थोड़ी मुसीबत उठा लेंगे।"

तभी सामनेवाली छत पर कोर्ट जाने को तैयार वकील साहब दिखाई दिए तो दयाल भी अपनी छत पर निकल आए : "वकील साहब, इनकमटैक्स वालों ने रिटर्न सबमिट करने को कहा है। कुछ मुसीबत आए तो बचाइए। पड़ोसी का हक़ तो अदा करेंगे न?"

"आपके पास आई है इन्क्वायरी?"

"अब देख लीजिए, अभी तो चिट्ठी जेब में ही लिए हूँ। भेजूँ बचुआ के हाथ?"

"नहीं-नहीं, अभी तो कोर्ट जा रहा हूँ, शाम को देखूँगा। तब तक आप अपना हिसाब-किताब ठीक करिए!"

"चलें भाई, आज दुका...डिस्पेंसरी जल्दी ही चले जाएँ।" और वे आधा तौलिया लेकर नहाने चल दिए।

रात में महिम लौटा तो सोच रहा था, सवेरे पिताजी चाहे परेशान न हुए हों, अब अवश्य परेशान हो रहे होंगे। अभी सेठजी का मामला समाप्त नहीं हुआ कि यह नई मुसीबत आ गई। पिताजी का हिसाब-किताब भी उसे ही ठीक करना होगा। बच तो जाएँगे ही, पर आठ-दस दिन की परेशानी तो हो ही जाएगी। घर में किसी को न देखकर उसने रामेश्वरी से पूछा : "बाबूजी कहाँ हैं? महिमा और सरोज-शशि?"

"वे तीनों सिनेमा गई हैं और बाबूजी सो गए।"

"सो गए, अभी से?" कुछ आश्चर्य और परेशानी से उसने पूछा।

"हाँ!"

उसे एकाएक विश्वास नहीं आया। अन्दर जाकर बत्ती जलाई तो देखा, खाट पर चित्त लेटे दयाल खर्राटे खींच रहे थे। चेहरे पर न कोई परेशानी थी, न दुविधा। वे निश्चिन्त भाव से गहरी नींद में डूबे हुए थे। महिम एक क्षण उनके झुर्रियों-भरे चेहरे को ही देखता रहा। पिताजी परेशान नहीं हैं, उसे इस बात से जैसे बड़ी राहत मिली। महिम को लगा, जैसे पिताजी हफ्ते-भर से सो रहे हैं। उनकी नींद न उचट जाए इसलिए उसने बत्ती बुझा दी। एक क्षण के लिए कमरे की हर वस्तु अँधेरे में डूब गई।

रानी माँ का चबूतरा

आज रात को जब चबूतरे पर बैठक लगी तो औरतों की चर्चा का विषय पूर्णिमा को होनेवाला आयोजन था। कौन क्या पहनेगी, पूजा की थाली में क्या ले जाएगी, क्या मनौती मानेगी, आदि बातों पर चर्चा हो रही थी कि रामी अपनी छोटी बहन धन्नी को लेकर पहुँची। बूढ़े काका ने अपनी चिलम दूसरे के हाथ में थमाते हुए कहा : ''बड़ी देर कर दी रामी। शायद बहन की ख़ातिर में लगी थी।''

''ख़ातिर हम क्या करेंगे काका, बच्चों को सुलाते-सुलाते देर हो गई।'' फिर बूढ़ी काकी की ओर घूमकर बोली, ''काकी, कल धन्नी को भी रानी माँ के चबूतरे पर दीया जलाने के लिए ले जाना है।''

''यह रानी माँ का चबूतरा क्या है?'' धन्नी ने कुछ कौतूहल से पूछा।

खरबूज़े के सूखे बीज छीलते हुए काकी बोली : ''वाह, कल से तुम यहाँ आई हो और रामी ने तुम्हें चबूतरे की बात भी नहीं बताई? क्या बताएँ बेटी, हम भागवान हैं जो रानी माँ के नगर में बसते हैं। बड़ी भागवंती नारी थी। आज भी मुझे वह दिन याद आता है तो आँखों में आँसू आ जाते हैं,'' और श्रद्धा से गद्‌गद हो बूढ़ी काकी ने काम को बीच में छोड़कर स्वर्ग में बसनेवाली रानी माँ को प्रणाम किया। बस्तीवालों के लिए यह कथा कोई नई नहीं थी; फिर भी दत्तचित्त होकर उस कथा को ऐसे सुनने लगे जैसे पहली बार ही सुन रहे हों। स्त्रियों का तो ऐसा विश्वास था कि जितनी बार इस कथा को कहेंगी या सुनेंगी, उनका पुण्य बढ़ेगा। हाथों को माथे पर

छुआकर फिर अपना छोड़ा हुआ काम सँभाला और काकी बोली :

"यही कोई तीस साल पहले की बात होगी, हमारे नगर-सेठ के बेटे पर शीतला माई का कोप हुआ। पानी की तरह पैसा बहाया; पर शीतला माई तो कोई और ही खेल खेलने आई थीं। वे इन दवाइयों से क्यों शान्त होतीं भला? सब हार गए, और शीतला माई बच्चे पर ऐसी जमकर बैठीं कि न उसे मरने दें, न जीने दें। माँ तो सेवा करते-करते सूखकर काँटा हो गई। न खाने की सुध, न सोने की। भाग से एक साधू द्वार पर आया। रानी माँ की सूरत देखकर ही सारी बात समझ गया। वह कोई ऐसा-वैसा साधू भी नहीं, शीतला माई का भेजा हुआ साधू ही था। बोला, 'बेटी, तेरा बच्चा मौत के मुँह में है, पर तेरे प्रताप से ही बचेगा। सात दिन तू अन्न-जल का त्याग कर दे, तेरा बच्चा उठ खड़ा होगा।' रानी माँ के प्राण तो पहले ही आँखों में आए थे, उस पर सात दिन अन्न-जल का त्याग! सबने बहुत समझाया कि साधू की बातों में मत आओ, पर वह नहीं मानी। सात दिन बाद बच्चा तो उठ खड़ा हुआ, पर रानी माँ जाती रहीं।" काकी का गला भर्रा गया, पास बैठी फूलो ने आँचल से आँसू पोंछ डाले। धन्नी ने अभी तक बच्चे की सूरत नहीं देखी थी; उसके मन में जाने कैसा शूल चुभने लगा। काकी ने सूत्र जोड़ते हुए कहा :

"सारा गाँव इकट्ठा हुआ उस देवी के दर्शन करने को, अरथी ऐसे उठी कि राजा-महाराजाओं की भी क्या उठेगी! नगर-सेठ ने बहू..."

बीच में ही बात काटकर फूलो बोली : "केसर के छींटे की बात तो कही ही नहीं।" फिर उसने कुछ इस भाव से धन्नी को देखा, मानो कह रही हो, इस घटना की राई-रत्ती बात केवल काकी ही नहीं, वह भी जानती है।

"हाँ बेटी, जब उसकी अरथी उठी तो आसमान से केसर की बूँदें बरसी थीं। और तमाशा देखो, इतनी भीड़ में से क्या मजाल जो एक छींटा भी दूसरे पर पड़ जाए; बस खाली अरथी पर ही पड़ रहे थे छींटे।"

"फिर सेठजी ने अपने बगीचे में रानी माँ की याद में एक चबूतरा बनवाया। हर पूरनमासी को नगर की औरतें वहाँ दीया जलाने जाती हैं,

अपने बच्चों के लिए मनौती मनाती हैं।''

रामी ने ज़रा काकी की ओर झुककर फुसफुसाते स्वर में कहा : ''धन्नी को भी इसीलिए बुलाया है काकी, कि कल इससे दीया जलवा दूँ। ब्याह को चार साल होने को आए, पर अभी तक कोख नहीं फली। एक-दो साल और बीत गया तो वह किसी और को घर में डाल लेगा।''

''जरूर दीया जलवा, भगवान करेगा तो साल बीतते-न बीतते गोद में बाल-गोपाल खेलने लगेगा। रानी माँ का अशीर्वाद कभी अकारथ नहीं जाने का।''

धन्नी लजा गई, साथ ही उसने यह भी महसूस किया कि यहाँ आकर उसने अच्छा ही किया।

काकी से ज़रा दूर बैठा गोपाल, जो बस्ती का सबसे मसखरा जवान था, बोल उठा : ''काकी, मैं तो तुम्हारी रानी माँ का कमाल तब मानूँ जब तुम गुलाबी को रास्ते पर लगा दो।''

''नाम मत ले उस चुड़ैल का मेरे सामने! वह कोई माँ है? कसाइन है कसाइन! नहीं तो रानी माँ के चबूतरे में तो वह ताक़त है कि पत्थर में भी ममता उपज आए। पर वह तो हेकड़ीवाली ऐसी कि कभी उधर मुँह भी नहीं करती। भगवान करे उसका सत्यानाश हो जाए। सारी बस्ती पर किसी दिन पाप ला देगी।''

काका ने स्वर को ज़रा कोमल बनाकर कहा : ''क्यों कोस रही है जेठा की माँ? बेचारी मुसीबत की मारी है।''

''तुम्हारा तो दूध ही झरता रहता है उसके लिए। बड़ी मुसीबत-मारी है!'' गुलाबी के प्रति काका की इस सहानुभूति से चिढ़कर काकी बोली : ''मुसीबत की मारी है तो सारी बस्ती मदद करने को तैयार है; पर वह तो हेकड़ीवाली ऐसी कि अपना ठेंगा ऊपर रखेगी। अरे, मैं तो कहूँ, जो अपने आदमी को झाड़ मारकर निकाल दे, वह किसकी सगी होगी?''

''अब आदमी तो उसका था ही ऐसा कि मारकर निकाल दिया जाए। वह पसीना बहाकर कमाती और वह घर में बैठा दारू पीता। आख़िर उसे दो बच्चे भी तो पालने थे।'' काका ने फिर गुलाबी का पक्ष लिया। काकी

तैश में आ गई। बात रानी माँ से सरककर गुलाबी पर आ लगी।

"बड़े बच्चे पाल रही है मुँह-झौंसी! सवेरे उस काल-कोठरी में बन्द करके जाती है तो शाम को आकर खोलती है।"

गुलाबी के बग़ल की कोठरी में रहनेवाली रामी बोली : "काकी, धन्नी तो आज ही कह रही थी कि जीजी मुझे दिला दो एक बच्चा; मैं पाल लूँगी।"

"वह क्यों देने लगी? वह तो उनको कोठरी में बन्द करके मारेगी..." काकी अपना वाक्य पूरा भी नहीं कर पाई थी कि दूर खड़ी एक छायाकृति पास आई और बोली : "मारूँगी तो अपने बच्चे को मारूँगी, तेरे बच्चे को तो नहीं मारूँगी...तू क्यों मेरे बच्चों की चिन्ता में सूख रही है? खबरदार जो आगे से नाम लिया मेरे बच्चों का! बड़ी धरमात्मा बनी बैठी है!"

गुलाबी की उपस्थिति से क्या स्त्री-वर्ग और क्या पुरुष-वर्ग, दोनों ही ज़रा चौंक पड़े। काका ने बात सँभालते हुए कहा : "क्यों बिगड़ रही है गुलाबी? हम तो तेरे भले की ही बात कह रहे हैं। बन्द करके जाती है, कभी गर्मी में अन्दर-के-अन्दर ही घुटकर मर गए तो?"

"मर गए तो पाँच पैसे का प्रसाद चढ़ाऊँगी, पर मरें भी तो। मेरी जान को लगे हुए हैं निगोड़े।"

"तू तो प्रसाद चढ़ाएगी, पर सारी बस्ती को तो हत्या लगेगी। हमें क्यों पाप में सान रही है?"

"आ हाऽऽ, बड़े आए बस्तीवाले! पहले कोठरी खोलकर जाती थी तो मेरा छोरा सरकते-सरकते मोरी में आकर गिर गया। किसी ने उठाया तक नहीं। बड़े अपने बनते हैं। छोरा भी तो जाने किस माटी का बना हुआ है, सारे दिन मोरी के कीचड़ में सड़ता रहा; पर मरा नहीं; मर जाता तो पाप कटता।" गुलाबी क्रोध में बड़बड़ाती गली के नल पर चली गई।

"कहो काकी, कैसी रही?" गोपाल ने छेड़ते हुए पूछा।

"कौन मुँह लगे इस चुड़ैल के!" पर काकी का मन इतना खिन्न हो उठा कि वे अपने बीजों की पोटली उठाकर चल दीं। धीरे-धीरे सभी उठ गए और चबूतरे की सभा विसर्जित हो गई।

सवेरे सात बजे की सीटी बजी तो गुलाबी ने एक झटके के साथ अपनी कोठरी का दरवाज़ा बन्द किया। उसे बग़ल की कोठरी में से रामी-धन्नी की फुसफुसाहट सुनाई दी। बिना पूरी बात सुने ही वह भभक उठी : "जितनी बातें बना सको, बना लो चुड़ैलों! मैं तुम्हारी दबैल नहीं जो डर जाऊँगी।"

रामी ने वहीं बैठे-बैठे हाँक लगाई : "अपने रस्ते लग गुलाबी। किसका हिया फूटा है जो सवेरे-सवेरे तुझ नासपीटी का नाम लेगा?" गुलाबी कुछ कहती उसके पहले ही उसके दो साल के बच्चे का क्रन्दन कोठरी की दीवारों को चीरकर गली के सुनसान वातावरण में फैलने लगा। झल्लाकर उसने कोठरी खोली और अपनी नौ साल की लड़की मेवा की पीठ पर एक धौल जमाते हुए बोली : "नौ बरस की धींग हो गई, एक बच्चा नहीं रखा जाता। चल, उसे गोदी में उठाकर रख!" और उसी झल्लाहट में उसने कोठरी बन्द कर दी और दौड़ पड़ी। सात की सीटी बज चुकी थी और वह जानती थी कि अब यदि वह सारा रास्ता दौड़कर ही पार नहीं करेगी तो ठेकेदार वहाँ बैठे अनेक उम्मीदवारों में से किसी को भी काम दे देगा और वह आज की मजदूरी से जाती रहेगी; फिर वह सत्तू नहीं ला सकेगी, दाल नहीं ला सकेगी...उसने गति और बढ़ा दी, उस समय वह भूल गई कि रामी ने उसे नासपीटी कहा है या कि उसका बच्चा रो रहा है।

शाम को वह लौटी तो क्लान्त हाथों से उसने अपनी कोठरी का दरवाज़ा खोला। देखा, मेवा एक कोने में लुढ़की पड़ी सो रही है और दो साल का वह मांस का लोथड़ा मैले में सना हुआ मिमिया रहा था। रोने की ताक़त तो उसमें शायद रही भी नहीं थी। गुलाबी ने एक पूरे हाथ की धौल कोने में सोती हुई छोरी की पीठ पर जमाई : "पड़ी-पड़ी सो रही है चुड़ैल। चल, उठकर चूल्हा जला!" और वह उस मैल में सने बच्चे को उठाकर गली के नल पर चली। बराबर उसके मुँह से गालियाँ बरस रही थीं। चबूतरे पर उस समय काका अकेले बैठे थे, गुलाबी को बड़बड़ाते हुए जाते देखा तो टोक दिया : "किसे कोस रही है गुलाबी? अरे, कभी तो तू भी हँस-बोल लिया कर।"

"हँस-बोलकर मुझे किसी को रिझाना नहीं है? बड़े आए हैं सीख

देनेवाले! तुम्हें तो नहीं कोस रही? कोस रही हूँ उस दारूखोर को जो मेरी जान को ये कीड़े-मकोड़े छोड़ गया।"

"अरे, मैं तो तेरे भले की बात कह रहा हूँ। चार जनों के बीच आकर बैठा कर तो तेरा भी मन बहल जाए, पर तू तो सबको काटने को दौड़ती है।"

"हाँ-हाँ, मैं तो कटखनी हूँ, क्यों मेरे मुँह लगते हो? ज़्यादा बकवास की तो दो-चार तुम्हें भी सुना दूँगी। बड़े आए हैं दरद दिखानेवाले।" और वह भन्नाती हुई अपनी कोठरी की ओर चल पड़ी। काका ने फिर उसे नहीं टोका।

चूल्हे पर दाल चढ़ाकर, बच्चे को गोदी में लेकर वह सुस्ताने लगी। सारे दिन की क़ैद भोगकर मौक़ा पाते ही मेवा कोठरी से बाहर भाग गई। जब दाल-सत्तू तैयार हो गया तो गुलाबी ने मेवा को खाने के लिए आवाज़ दी। मेवा आई तो उसके हाथों में काँच की हरी चूड़ियाँ चमक रही थीं। गुलाबी की नज़र पड़ते ही उसने पूछा : "ये चूड़ियाँ कहाँ से लाई री?"

मेवा चुप।

"मैं पूछती हूँ, ये चूड़ियाँ कहाँ से लाई?"

मेवा चुप।

"सुनाई नहीं देता क्या, बहरी हो गई है?" और तड़ातड़ चाँटे पड़ गए उसके गाल पर : "चोरी करके लाई है न? आज सब तो चबूतरे पर दीया जलाने गए हैं, किसी के घर में से चुरा लाई, क्यों? चोट्टी, हरामज़ादी!" मुँह से गालियाँ और हाथों से चाँटे पड़ने लगे।

मेवा ने चीख़-चीख़कर सारी गली को सिर पर उठा लिया। तभी दीया जलाकर लौटी हुई रामी-धन्नी आ पहुँचीं : "अरे-अरे, छोरी के प्राण लेगी क्या?" मेवा को अपनी तरफ़ खींचती हुई रामी बोली।

"मैं इसकी खाल खींचकर रख दूँगी। तू बीच में मत बोल रामी, नहीं तो सच-कहती हूँ, दो हाथ तेरे भी पड़ जाएँगे। मेरी छोरी चोरी करे...चोरी करे...!" और उसका स्वर भिंच गया।

देखते-देखते काफी भीड़ जमा हो गई। ज़रा सा अवसर मिलते ही

गुलाबी फिर एक चाँटा जड़ देती। बूढ़े काका मेवा को दूर ले गए, तब गुलाबी चिल्लाई : "छोड़ दो काका, मेरी छोरी को ले गए तो ठीक नहीं होगा। आज तुम बचाने आए हो, कल तुम लोग ही उसे चोट्टी कहते फिरोगे।"

किसी ने स्थिति को सँभालने के लिए कहा : "चोरी नहीं की है उसने, वह तो रामेसुर ने उसे दी है। नाहक मार दिया बच्ची को।"

"दी है, तो क्यों दी है? हम क्या भिखमंगे हैं जो किसी का दिया पहनेंगे? आज मेरे घर में कोई मूँछोंवाला नहीं बैठा है तो सब लोग भीख देने चले हैं। थू है उन पर! बड़े आए हैं दया दिखानेवाले!"

मेवा को काका के पास सुरक्षित समझकर सबने सोचा कि अब इस गुलाबी से बहस करना बेकार है, एक की चार सुनने को मिलेगी, सो सब चुपचाप खिसक गए। धन्नी, जो आज रानी माँ के चबूतरे पर दीया जलाकर जाने कैसी-कैसी आशाएँ मन में सँजोकर आई थी, बोली : "जब यह किसी की बात सुनती ही नहीं, तो तुम लोग क्यों इसके पचड़ों में पड़ती हो जीजी?"

"लड़ाई-झगड़ा तो चलता ही रहता है। सवेरे नल पर देखा है न, कैसी गाली-गलौज होती है, सिरफुटौवल की नौबत आ जाती है; पर साँझ को सब जैसे के तैसे। चार जने रहते हैं तो कहना-सुनना तो चलता ही रहता है बहन!"

गुलाबी ने काँच की चूड़ियों के टुकड़े बटोरकर अपने लिए जगह बनाई और बच्चे को लेकर सो गई। उस रात उसके यहाँ खाना-पीना नहीं हुआ। काका मेवा को लाकर जब छोड़ गए तब उसे मालूम पड़ गया; पर वह फिर कुछ बोली नहीं। एक बात ही उसके मन में घूम रही थी कि उसकी लड़की ने चोरी की...चोरी की।

पिछले दो दिनों से चबूतरे की बैठक का विषय है, सरकार की ओर से खोला हुआ 'शिशु-सुरक्षा केन्द्र'। काका ने कहा : "भगवान भला करें इस सरकार का। सरकारी स्कूल खोल दिए, जहाँ बच्चे मुफ्त में पढ़ लेते हैं। छोटे बच्चों के लिए यह केन्द्र खोल दिया। अब औरतें भले ही काम करें। पाँच रुपए महीने में दवाई-दारू भी कर देते हैं।"

"हाँ, काका, मैं देखकर आई हूँ। छोटे-छोटे पालने बने हैं, ढेर सारे खिलौने हैं, दाइयाँ हैं; बच्चों को शीशी से दूध पिलाया जाता है, पालनों में सुलाया जाता है। बड़े आराम से रखते हैं।"

धन्नी ने सोचा, उसको बच्चा होगा तब वह यहीं आकर रह जाएगी। उसके गाँव में तो ऐसा होगा नहीं। अपने बच्चे को पालने में सुलाने और शीशी से दूध पिलाने का सपना उसकी आँखों में साकार होने लगा।

गोपाल बोला : "गुलाबी से कहो काका, कि अपने बच्चे को वहाँ भरती करवा दे।"

"तू ही कह न। बड़ा आया है गुलाबी का हितू! याद नहीं है, जब मेवा को स्कूल में डालने को कहा था तो कैसी गुर्राई थी!"

"तुम लोग तो बावलों जैसी बातें करते हो। मेवा को वह स्कूल में डाल देती तो उसके छोरे को कौन रखता?"

"तो अच्छी तरह मना करती। वह तो बस काटने को दौड़ती है।"

"अरे धीरे बोल काकी, नहीं तो अभी कहीं से निकलकर बम गिराने लगेगी। जब उसकी बात करो तभी टपक पड़ती है।"

पर उस दिन गुलाबी नहीं टपकी।

दूसरे दिन जब चबूतरे पर बैठक लगी, तब भी इसी तरह की चर्चा चल रही थी। गुलाबी अपनी लड़की मेवा को ढूँढ़ती हुई आई तो काका ने बात चलाई : "अरे गुलाबी, देख तेरे छोरे के लिए सरकार ने केन्द्र खोल दिया है। वहाँ नाम लिखा दे अपने बच्चे का।"

"सरकार मेरी खसम है न, जो केन्द्र खोल देगी मेरे लिए। ये सब तो पैसेवालों के चोंचले हैं। मेरा कौन मरद कमानेवाला बैठा है जो पाँच रुपए महीने दे दिया करेगा!"

"बस्तीवाले चन्दा कर देंगे री। तू जाकर नाम लिखा आ।"

"किसी के दान-पुन्न पर पलनेवाली नहीं है गुलाबी, थूकती है तुम्हारे चन्दे पर।" और अपनी लड़की को घसीटती हुई गुलाबी वहाँ से चली गई।

"लो और खाओ लड्डू," काकी ने चिढ़ाते हुए कहा : "बिना गुलाबी से दो-चार झिड़कियाँ सुने इन्हें चैन नहीं।"

"आज रामी नहीं आई?" बात का प्रसंग बदलने के लिए काका ने पूछा।

"धन्नी को विदा करने गई है।" और इधर-उधर की बातें करके सभा समाप्त हुई।

दूसरे दिन गुलाबी ने उठकर अपनी कोठरी की दीवार पर लगाए हुए सुरक्षा-केन्द्र के विज्ञापन को फाड़ फेंका। जहाँ कहीं भी उसे विज्ञापन दिखाई देता, वह उसे फाड़ डालती, लोग देखते तो हँसते।

भरी दुपहरी में गुलाबी रेत की तगारियाँ उठा-उठाकर पकड़ा रही थी। कुछ औरतें एक देहाती गीत गा रही थीं और छत कूट रही थीं। ठेकेदार रह-रहकर कुछ आदेश देता जा रहा था। गुलाबी का ध्यान अपने काम में था, पर अचानक ठेकेदार का स्वर उसके कान में पड़ा। पूरी बात तो वह नहीं सुन पाई, बस इतना सुना : "इसी तरह तो ज़रा से आँधी-पानी से घरों की छतें टूट जाती हैं। ज़रा अच्छी तरह..." उसने आसमान की तरफ़ देखा। कहीं बादल नहीं थे; फिर भी उसका हाथ रुक गया और उसके सामने उसकी कोठरी की टूटी-फूटी छत घूम गई। यदि किसी दिन छत गिर जाए तो...?

"हाथ चला न?" कड़ककर बग़लवाली औरत ने कहा। वह कब से रेत की तगारी लिये खड़ी थी। एकाएक गुलाबी को होश आया : "चला तो रही हूँ। कौन तेरे बाप की नौकर हूँ जो हुकुम चला रही है?"

शाम को गुलाबी जब घर लौटी तो ठेकेदार से थोड़ी-सी सीमेंट और चूना माँग लाई। खा-पीकर जब सब सो गए; गुलाबी के घर से खटर-पटर की आवाज शुरू हुई। गली में सोए हुए गोपाल ने पूछा : "आधी रात को क्या कर रही है गुलाबी?"

"तेरी कबर खोद रही हूँ। जाने कैसे लोग हैं इस बस्ती के कि गुलाबी के काम में टाँग अड़ाए बिना इन ससुरों की रोटी हजम नहीं होती।"

"मर चुड़ैल।" और गोपाल सो गया। उस दिन सारी रात कोठरी में कुछ-न-कुछ काम होता ही रहा।

दूसरे दिन रामी ने आकर चबूतरे की बैठक पर सूचना दी कि गुलाबी

काम से लौटी, खाया-पीया और फिर बच्चों को बन्द करके कहीं चली गई। जब रामी ने पूछा तो गुर्राकर बोली : "जा रही हूँ अपने खसम से याराना करने। तू भी चलेगी क्या?" साथ ही रामी ने यह भी बताया कि इस बात को घंटा-भर हो गया है; पर अभी तक गुलाबी नहीं लौटी। बच्चे दोनों बन्द पड़े हैं। कुछ कौतूहल और कुछ उपेक्षा-मिश्रित क्रोध से सारी बैठक गूँजने लगी। "क्यों गई, कहाँ गई, इस तरह तो बच्चे मर जाएँगे, ये कैसी माँ है" आदि अनेक बातें उठीं और ख़तम हो गईं। जानने की इच्छा सबके मन में थी; पर किसी में साहस नहीं था जो आने पर उससे पूछ सके।

गुलाबी का यह क्रम जब दैनिक हो गया तब तो कौतूहल का निवारण परम आवश्यक हो गया। बिना उस बात को जाने सबका जीना जैसे दूभर हो गया। काका ने अनुमान से कहा : "कहीं, चौका-बरतन का काम करने जाती होगी, और कहाँ जाएगी बेचारी?"

"तुम्हारे लिए होगी बेचारी।" काकी ने गुर्राते हुए कहा : "हत्यारिन कहीं की! क्यों जाती है चौका-बरतन करने? मजदूरी में क्या गुज़र नहीं होती? मुझे तो इसके लच्छन अच्छे नहीं नज़र आते। बच्चों की जान ले-लेकर धन कमाएगी?"

"क्यों परनिन्दा करती हो? उसकी वह जाने।" बाहर से आते हुए गोपाल ने कहा : "काकी, चलो, तुम्हें सिनेमा दिखा लाऊँ।" पर काकी को इस समय यह मज़ाक़ नहीं भाया। वह गुलाबी की ही बात सोच रही थी। उसने धीरे से रामी से कहा : "तू तो उसके पासवाली कोठरी में रहती है। ज़रा नज़र रखा कर न उधर। दस-बारह दिन हो गए और यह पता नहीं लगा कि आख़िर वह चुड़ैल बच्चों को बन्द करके जाती कहाँ है?"

"कोशिश तो करती हूँ काकी, पर पता ही नहीं लगता। एक दिन तो मन हुआ कि पीछे-पीछे जाऊँ, पर उस मुँह-झौंसी का क्या भरोसा, पलट कर हाथ ही चला दे।"

पन्द्रह दिन और बीत गए, पर कोई नहीं जान सका कि गुलाबी कहाँ जाती है। कुछ तो रहस्य का उद्घाटन न होने के कारण और कुछ बच्चों की यातना देखकर सबका आक्रोश बढ़ता जा रहा था। पर गुलाबी से पूछने

का साहस किसी को नहीं होता। उस दिन भी बैठक में यही बातें हो रही थीं कि रामी ने आते ही ख़ुशख़बरी सुनाई : "देखा काकी, रानी माँ के चबूतरे पर जलाया दीया कभी अकारथ नहीं जा सकता। धन्नी के गाँव से चिट्ठी आई है, उसका बाँझपन आख़िर दूर हुआ।"

काकी ने श्रद्धावश रानी माँ के आगे हाथ जोड़ दिए। गोपाल जब भी काकी को इस मुद्रा में देखता है, मज़ाक़ करने के लिए उसका मन मचलने लगता है। बोला : "काकी, सारी बस्ती पर तेरा इतना रौब है, तू गुलाबी से दीया नहीं जलवा सकती? कल पूनो है, दीया जलवा दे तो तेरा रौब मानूँ।"

"वह जाए ही नहीं तो मैं क्या करूँ?" झल्लाकर काकी ने कहा।

"तू कहे तो मैं कन्धे पर उठाकर ले जाऊँ।" हँसते हुए गोपाल ने कहा।

जाने कब से गुलाबी वहाँ खड़ी थी। यह बात सुनी तो आग बरसाने लगी : "आया है बड़ा गुलाबी को ले जानेवाला! हाथ तो लगाकर देख! असल मरद का बच्चा हो तो आ जाना कल।" फिर औरतों को लक्ष्य करके बोली : "तुम्हीं माँ बन-बनकर लाड़ लड़ाओ अपने बच्चों के और दीया जलाओ चबूतरे पर। मैं तो कसाइन हूँ, हत्यारिन हूँ। जब ये नाशपीटे मर जाएँगे, उस दिन इकट्ठा ही दीया जलाऊँगी। बड़ी सब गुलाबी की चिन्ता कर-करके मरी जा रही हैं चुड़ैल!" और वह अँधेरे में ही ग़ायब हो गई।

दूसरे दिन जब सब घरों में चबूतरे पर जाने की तैयारियाँ हो रही थीं, गुलाबी अपनी कोठरी में बैठकर बच्चों के लिए सत्तू घोल रही थी। सत्तू घोलकर उसने मेवा के सामने सरका दिया। मेवा ने पूछा : "तू क्या खाएगी?"

"मुझे भूख नहीं है, चुपचाप खा ले।"

"कल भी तो तूने कुछ नहीं खाया था माँ?"

"कह रही हूँ, खा ले चुपचाप, सो नहीं होता। जीभ लड़ाए जा रही है बैठी-बैठी।"

"तू तो आजकल जरा सी ही सत्तू लाती है माँ। अपने लिए नहीं लाती?"

गुलाबी ने आँसू-भरी आँखों से मेवा की ओर देखा और खींचकर उसे अपनी छाती से चिपका लिया।

दोनों बच्चे जब खाना-पीना समाप्त कर चुके तो गुलाबी ने हँडिया से पैसे निकाले। बड़ी सावधानी से उन्हें आँचल में बाँधा, और जैसे ही मुड़ी तो देखा, रामी दरवाज़े पर खड़ी उधर ही देख रही है। बिना एक शब्द बोले उसने दरवाज़ा बन्द किया और चली गई।

जब सब औरतें वहाँ इकट्ठी हो गईं तो रामी बोली : "दैया रे, आज गुलाबी ढेर सारे पैसे आँचल में बाँधकर गई है। वापस लौट आए तो समझना।"

"पैसे बाँधकर?"

"हाँ-हाँ, मैंने अपनी आँखों से देखा है। मुझे तो लगता है, चौका-बरतन की आड़ में कोई और ही लीला चल रही है।"

"कौन उस पर नीयत बिगाड़ेगा, सूखा छुहारा तो है।"

"मरदों का कोई भरोसा नहीं, जो न कर गुज़रें, सो थोड़ा।" रामी मुस्कुराई।

जब दीया जलाकर औरतें लौटीं तो देखा कि गुलाबी की कोठरी वैसे ही बन्द थी। जल्दी-जल्दी कपड़े उतारकर चबूतरे पर बैठक हुई। सारी बातें बढ़ा-चढ़ाकर बताई गईं : "रोज़ कब तक लौट आती थी?" काका ने पूछा।

"इस समय तक तो लौट आती थी।" रामी ने कहा।

"आज तो वह नहीं लौटने की, सारी बस्ती का काला मुँह कर गई चुड़ैल।"

"उसके बच्चों को कौन पालेगा अब?"

"चूल्हे में जाएँ उसके बच्चे। माँ होकर जब उसे ही दरद नहीं आया तो हमें ही क्या पड़ी है?"

गोपाल ने कहा : "चाहे जो भी खरच हो जाए, कल ही जाकर रानी माँ के चबूतरे के पास ही गुलाबी का एक चबूतरा बनवाऊँगा। जब वहाँ दीया जलाने जाओ, तो लगे हाथ ही गिन-गिनकर दस जूते इसके चबूतरे पर भी मार आया करना।"

तभी काका ने सबका ध्यान गली के मोड़ की ओर खींचा। चाँदनी के प्रकाश में सबने देखा कि गली के ही दो आदमी गुलाबी के अचेत शरीर को उठाकर ला रहे हैं। चबूतरे की सारी भीड़ उस ओर दौड़ पड़ी।

'क्या हुआ', 'कहाँ थी', 'बेहोश कैसे हो गई'—प्रश्नों की झड़ी सी लग गई। सबको वहीं छोड़कर काकी और रामी ने उसके अचेत शरीर को सँभाला और रामी की कोठरी में लिटा दिया। काका अन्दर आ गए, बाक़ी भीड़ को बाहर ही रखा।

"पानी के छींटे डालो और हवा करो," काका ने कहा। रामी उठकर पानी लाई और काकी हवा करने लगी, उसका आँचल हटाया तो बोली "हाय राम, इसका पेट तो पीठ से चिपक रहा है! लगता है, मानो दो-तीन दिन से कुछ खाया ही नहीं है। रामी, थोड़ा सत्तू हो तो घोलकर ला।"

"देख रही हो," काका ने अपनी नज़र गुलाबी के सूखे-मुर्झाए चेहरे पर टिकाए हुए कहा : "एक महीने में क्या से क्या हो गई! जैसे बुढ़ापा आ गया हो। एक महीने से मैंने इसे पास से ही नहीं देखा था। और देखो, इसके कपड़े ढीले कर दो, उमस भी तो कितनी है!"

काकी ने अँगिया के बन्द ढीले कर दिए तो अँगिया में से काग़ज़ की एक पुड़िया सरककर ज़मीन पर गिर गई। काका ने कहा :

"देखूँ, क्या है?"

काकी ने पुड़िया पकड़ा दी : काका ने दीये के धीमे प्रकाश में पुड़िया को खोला तो देखा, काँच की छोटी-छोटी हरी चूड़ियाँ और 'शिशु-सुरक्षा केन्द्र' की पाँच रुपए की रसीद थी।

यही सच है

कानपुर

सामने आँगन में फैली धूप सिमटकर दीवारों पर चढ़ गई औरं कन्धे पर बस्ता लटकाए नन्हे-नन्हे बच्चों के झुंड-के-झुंड दिखाई दिए, तो एकाएक ही मुझे समय का आभास हुआ।...घंटा-भर हो गया यहाँ खड़े-खड़े और संजय का अभी तक पता नहीं! झुँझलाती-सी मैं कमरे में आती हूँ। कोने में रखी मेज़ पर किताबें बिखरी पड़ी हैं, कुछ खुली, कुछ बन्द। एक क्षण मैं उन्हें देखती रहती हूँ, फिर निरुद्देश्य-सी कपड़ों की अलमारी खोलकर सरसरी-सी नज़र से कपड़े देखती हूँ। सब बिखरे पड़े हैं। इतनी देर यों ही व्यर्थ खड़ी रही; इन्हें ही ठीक कर लेती। पर मन नहीं करता और फिर बन्द कर देती हूँ।

नहीं आना था तो व्यर्थ ही मुझे समय क्यों दिया? फिर यह कोई आज ही की बात है! हमेशा संजय अपने बताए हुए समय से घंटे-दो घंटे देरी करके आता है, और मैं हूँ कि उसी क्षण से प्रतीक्षा करने लगती हूँ। उसके बाद लाख कोशिश करके भी तो किसी काम में अपना मन नहीं लगा पाती। वह क्यों नहीं समझता कि मेरा समय बहुत अमूल्य है; थीसिस पूरी करने के लिए अब मुझे अपना सारा समय पढ़ाई में ही लगाना चाहिए। पर यह बात उसे कैसे समझाऊँ!

मेज़ पर बैठकर मैं फिर पढ़ने का उपक्रम करने लगती हूँ, पर मन है कि लगता ही नहीं। पर्दे के ज़रा-से हिलने से दिल की धड़कन बढ़ जाती

है और बार-बार नज़र घड़ी के सरकते हुए काँटों पर दौड़ जाती है। हर समय यही लगता है, वह आया!...वह आया!...

तभी मेहता साहब की पाँच साल की छोटी बच्ची झिझकती-सी कमरे में आती है : "आंटी, हमें कहानी सुनाओगी?"

"नहीं, अभी नहीं, पीछे आना!" मैं रुखाई से जवाब देती हूँ। वह भाग जाती है।

ये मिसेज़ मेहता भी एक ही हैं! यों तो महीनों शायद मेरी सूरत नहीं देखतीं; पर बच्ची को जब-तब मेरा सिर खाने को भेज देती हैं। मेहता साहब तो फिर भी कभी-कभी आठ-दस दिन में खैरियत पूछ ही लेते हैं, पर वे तो बेहद अकड़ू मालूम होती हैं। अच्छा ही है, ज़्यादा दिलचस्पी दिखातीं तो क्या मैं इतनी आज़ादी से घूम-फिर सकती थी?

खट-खट-खट...वही परिचित पद-ध्वनि! तो आ गया संजय। मैं बरबस ही अपना सारा ध्यान पुस्तक में केन्द्रित कर लेती हूँ। रजनीगन्धा के ढेर-सारे फूल लिए संजय मुस्कुराता-सा दरवाज़े पर खड़ा है। मैं देखती हूँ, पर मुस्कुराकर स्वागत नहीं करती। हँसता हुआ वह आगे बढ़ता है और फूलों को मेज़ पर पटककर, पीछे से मेरे दोनों कन्धे दबाता हुआ पूछता है : "बहुत नाराज़ हो?"

रजनीगन्धा की महक से जैसे सारा कमरा महकने लगता है।

"मुझे क्या करना है नाराज़ होकर?" रुखाई से मैं कहती हूँ। वह कुर्सी सहित मुझे घुमाकर अपने सामने कर लेता है, और बड़े दुलार के साथ ठोड़ी उठाकर कहता : "तुम्हीं बताओ क्या करता? क्वालिटी में दोस्तों के बीच फँसा था। बहुत कोशिश करके भी उठ नहीं पाया। सबको नाराज़ करके आना अच्छा भी नहीं लगता।"

इच्छा होती है, कह दूँ—"तुम्हें दोस्तों का ख़याल है, उनके बुरा मानने की चिन्ता है, बस मेरी ही नहीं!" पर कुछ कह नहीं पाती, एकटक उसके चेहरे की ओर देखती रहती हूँ...उसके साँवले चेहरे पर पसीने की बूँदें चमक रही हैं। कोई और समय होता तो मैंने अपने आँचल से इन्हें पोंछ दिया होता, पर आज नहीं। वह मन्द-मन्द मुस्कुरा रहा है, उसकी आँखें

क्षमा-याचना कर रही हैं, पर मैं क्या करूँ?...तभी वह अपनी आदत के अनुसार कुर्सी के हत्थे पर बैठकर मेरे गाल सहलाने लगता है। मुझे उसकी इसी बात पर गुस्सा आता है। हमेशा इसी तरह करेगा और फिर दुनिया-भर का लाड़-दुलार दिखलाएगा। वह जानता जो है कि इसके आगे मेरा क्रोध टिक नहीं पाता।...फिर उठकर वह फूलदान के पुराने फूल फेंक देता है, और नए फूल लगाता है। फूल सजाने में वह कितना कुशल है! एक बार मैंने यों ही कह दिया था कि मुझे रजनीगन्धा के फूल बड़े पसन्द हैं, तो उसने नियम ही बना लिया कि हर चौथे दिन ढेर-सारे फूल लाकर मेरे कमरे में लगा देता है। और अब तो मुझे भी ऐसी आदत हो गई है कि एक दिन भी कमरे में फूल न रहें तो न पढ़ने में मन लगता है, न सोने में। ये फूल जैसे संजय की उपस्थिति का आभास देते रहते हैं।

थोड़ी देर बाद हम घूमने निकल जाते हैं। एकाएक ही मुझे इरा के पत्र की बात याद आती है। जो बात सुनाने के लिए मैं सबेरे से ही आतुर थी, इस गुस्सेबाज़ी में जाने कैसे उसे ही भूल गई!

"सुनो, इरा ने लिखा है कि किसी दिन भी मेरे पास इंटरव्यू का बुलावा आ सकता है, मुझे तैयार रहना चाहिए।"

"कहाँ, कलकत्ता से?" कुछ याद करते हुए संजय पूछता है, और फिर एकाएक ही उछल पड़ता है, "यदि तुम्हें वह जॉब मिल जाए तो मज़ा आ जाए, दीपा, मज़ा आ जाए!"

हम सड़क पर हैं, नहीं तो अवश्य ही उसने आवेश में आकर कोई हरकत कर डाली होती। जाने क्यों, मुझे उसका इस प्रकार प्रसन्न होना अच्छा नहीं लगता। क्या वह चाहता है कि मैं कलकत्ता चली जाऊँ, उससे दूर?...

तभी सुनाई देता है : "तुम्हें यह जॉब मिल जाए तो मैं भी अपना तबादला कलकत्ता ही करवा लूँ, हेड ऑफ़िस में। यहाँ की रोज़ की किच-किच से तो मेरा मन ऊब गया है। कितनी ही बार सोचा कि तबादले की कोशिश करूँ, पर तुम्हारे ख़याल ने हमेशा मुझे बाँध लिया। ऑफ़िस में शान्ति हो जाएगी, पर मेरी शामें कितनी वीरान हो जाएँगी!"

उसके स्वर की आर्द्रता ने मुझे छू लिया। एकाएक ही मुझे लगने लगा कि रात बड़ी सुहावनी हो चली है।

हम दूर निकलकर अपनी प्रिय टेकरी पर जाकर बैठ जाते हैं। दूर-दूर तक हल्की-सी चाँदनी फैली हुई है और शहर की तरह यहाँ का वातावरण धुएँ से भरा हुआ नहीं है। वह दोनों पैर फैलाकर बैठ जाता है और घंटों मुझे अपने ऑफ़िस के झगड़े की बात सुनाता है और फिर कलकत्ता जाकर साथ जीवन बिताने की योजनाएँ बनाता है। मैं कुछ नहीं बोलती, बस एकटक उसे देखती हूँ, देखती रहती हूँ।

जब वह चुप हो जाता है तो बोलती हूँ : "मुझे तो इंटरव्यू में जाते हुए बड़ा डर लगता है। पता नहीं, कैसे-क्या पूछते होंगे! मेरे लिए तो यह पहला ही मौक़ा है।"

वह खिलखिलाकर हँस पड़ता है।

"तुम भी एक ही मूर्ख हो! घर से दूर, यहाँ कमरा लेकर अकेली रहती हो, रिसर्च कर रही हो, दुनिया-भर में घूमती-फिरती हो और इंटरव्यू के नाम से डर लगता है। क्यों?" और गाल पर हल्की-सी चपत जमा देता है। फिर समझाता हुआ कहता है : "और देखो, आजकल ये इंटरव्यू आदि तो सब दिखावा-मात्र होते हैं। वहाँ किसी जान-पहचान वाले से इन्फ्लुएंस डलवाना जाकर!"

"पर कलकत्ता तो मेरे लिए एकदम नई जगह है। वहाँ इरा को छोड़कर मैं किसी को जानती भी नहीं। अब उन लोगों की कोई जान-पहचान हो तो बात दूसरी है," असहाय-सी मैं कहती हूँ।

"और किसी को नहीं जानतीं?" फिर मेरे चेहरे पर नज़रें गड़ाकर पूछता है : "निशीथ भी तो वहीं है?"

"होगा, मुझे क्या करना है उससे?" मैं एकदम ही भन्नाकर जवाब देती हूँ। पता नहीं क्यों, मुझे लग ही रहा था कि अब वह यही बात कहेगा।

"कुछ नहीं करना?" वह छेड़ने के लहजे में कहता है।

और मैं भभक पड़ती हूँ : "देखो संजय, मैं हज़ार बार तुमसे कह चुकी

हूँ कि उसे लेकर मुझसे मज़ाक़ मत किया करो! मुझे इस तरह का मज़ाक़ ज़रा भी पसन्द नहीं है!"

वह खिलखिलाकर हँस पड़ता है, पर मेरा तो मूड ही खराब हो जाता है।

हम लौट पड़ते हैं। वह मुझे खुश करने के इरादे से मेरे कन्धे पर हाथ रख देता है। मैं झपटकर हाथ हटा देती हूँ : "क्या कर रहे हो? कोई देख लेगा तो क्या कहेगा?"

"कौन है यहाँ जो देख लेगा? और देख लेगा तो देख ले, आप ही कुढ़ेगा।"

"नहीं, हमें पसन्द नहीं है यह बेशर्मी!" और सच ही मुझे रास्ते में ऐसी हरकतें पसन्द नहीं हैं चाहे रास्ता निर्जन ही क्यों न हो; पर है तो रास्ता ही; फिर कानपुर जैसी जगह।

कमरे में लौटकर मैं उसे बैठने को कहती हूँ; पर वह बैठता नहीं; बस, बाँहों में भरकर एक बार चूम लेता है। यह भी जैसे उसका रोज़ का नियम है।

वह चला जाता है। मैं बाहर बालकनी में निकलकर उसे देखती रहती हूँ।...उसका आकार छोटा होते-होते सड़क के मोड़ पर जाकर लुप्त हो जाता है। मैं उधर ही देखती रहती हूँ—निरुद्देश्य-सी खोई-खोई-सी। फिर आकर पढ़ने बैठ जाती हूँ।

रात में सोती हूँ तो देर तक मेरी आँखें मेज़ पर लगे रजनीगन्धा के फूलों को ही निहारती रहती हैं। जाने क्यों, अक्सर मुझे भ्रम हो जाता है कि ये फूल नहीं हैं, मानो संजय की अनेकानेक आँखें हैं, जो मुझे देख रही हैं, सहला रही हैं, दुलरा रही हैं। और अपने को यों असंख्य आँखों से निरन्तर देखे जाने की कल्पना से ही मैं लजा जाती हूँ।

मैंने संजय को भी एक बार यह बात बताई थी, तो वह खूब हँसा था और फिर मेरे गालों को सहलाते हुए उसने कहा था कि मैं पाग़ल हूँ, निरी मूर्खा हूँ!

कौन जाने, शायद उसका कहना ही ठीक हो, शायद मैं पाग़ल ही होऊँ!

कानपुर

मैं जानती हूँ, संजय का मन निशीथ को लेकर जब-तब संशकित हो उठता है; पर मैं उसे कैसे विश्वास दिलाऊँ कि मैं निशीथ से नफ़रत करती हूँ, उसकी याद-मात्र से मेरा मन घृणा से भर उठता है।...फिर अठारह वर्ष की आयु में किया हुआ प्यार भी कोई प्यार होता है भला! निरा बचपन होता है, महज पाग़लपन! उसमें आवेश रहता है पर स्थायित्व नहीं, गति रहती है पर गहराई नहीं। जिस वेग से वह आरम्भ होता है, ज़रा-सा झटका लगने पर उसी वेग से टूट भी जाता है।...और उसके बाद आहों, आँसुओं और सिसकियों का एक दौर, सारी दुनिया की निस्सारता और आत्महत्या करने के अनेकानेक संकल्प और फिर एक तीख़ी घृणा। जैसे ही जीवन को दूसरा आधार मिल जाता है, उन सबको भूलने में एक दिन भी नहीं लगता। फिर तो वह सब ऐसी बेवकूफ़ी लगती है, जिस पर बैठकर घंटों हँसने की तबीयत होती है। तब एकाएक ही इस बात का अहसास होता है कि ये सारे आँसू, ये सारी आहें उस प्रेमी के लिए नहीं थीं, वरन् जीवन की उस रिक्तता और शून्यता के लिए थीं, जिसने जीवन को नीरस बनाकर बोझिल कर दिया था।

तभी तो संजय को पाते ही मैं निशीथ को भूल गई। मेरे आँसू हँसी में बदल गए और आहों की जगह किलकारियाँ गूँजने लगीं। पर संजय है कि जब-तब निशीथ की बात को लेकर व्यर्थ ही खिन्न-सा हो उठता है। मेरे कुछ कहने पर वह खिलखिला अवश्य पड़ता है; पर मैं जानती हूँ, वह पूर्ण रूप से आश्वस्त नहीं है।

उसे कैसे बताऊँ कि मेरे प्यार का, मेरी कोमल भावनाओं का, भविष्य की मेरी अनेकानेक योजनाओं का एकमात्र केन्द्र संजय ही है। यह बात दूसरी है कि चाँदनी रात में, किसी निर्जन स्थान में, पेड़-तले बैठकर भी मैं अपनी थीसिस की बात करती हूँ या वह अपने ऑफ़िस की, मित्रों की बातें करता है, या हम किसी और विषय पर बात करने लगते हैं...पर इस सबका यह मतलब तो नहीं कि हम प्रेम नहीं करते! वह क्यों नहीं समझता कि आज हमारी भावुकता यथार्थ में बदल गई है, सपनों की जगह हम वास्तविकता

में जीते हैं! हमारे प्रेम को परिपक्वता मिल गई है, जिसका आधार पाकर वह अधिक गहरा हो गया है, स्थायी हो गया है।

पर संजय को कैसे समझाऊँ यह सब? कैसे उसे समझाऊँ कि निशीथ ने मेरा अपमान किया है, ऐसा अपमान, जिसकी कचोट से मैं आज भी तिलमिला जाती हूँ। सम्बन्ध तोड़ने से पहले एक बार तो उसने मुझे बताया होता कि आख़िर मैंने ऐसा कौन-सा अपराध कर डाला था, जिसके कारण उसने मुझे इतना कठोर दंड दे डाला? सारी दुनिया की भर्त्सना, तिरस्कार, परिहास और दया का विष मुझे पीना पड़ा।...विश्वासघाती! नीच कहीं का!...और संजय सोचता है कि आज भी मेरे मन में उसके लिए कोई कोमल स्थान है! छिः! मैं उससे नफ़रत करती हूँ! और सच पूछो तो अपने को भाग्यशालिनी समझती हूँ कि मैं एक ऐसे व्यक्ति के चंगुल में फँसने से बच गई, जिसके लिए प्रेम महज एक खिलवाड़ है।

संजय, यह तो सोचो कि यदि ऐसी कोई भी बात होती, तो क्या मैं तुम्हारे आगे, तुम्हारी हर उचित-अनुचित चेष्टा के आगे, यों आत्मसमर्पण करती? तुम्हारे चुम्बनों और आलिंगनों में अपने को यों बिखरने देती? जानते हो, विवाह से पहले कोई भी लड़की किसी को इन सबका अधिकार नहीं देती। पर मैंने दिया। क्या केवल इसीलिए नहीं कि मैं तुम्हें प्यार करती हूँ, बहुत-बहुत प्यार करती हूँ? विश्वास करो संजय, तुम्हारा-मेरा प्यार ही सच है। निशीथ का प्यार तो मात्र छल था, भ्रम था, झूठ था।

कानपुर

परसों मुझे कलकत्ता जाना है। बड़ा डर लग रहा है। कैसे क्या होगा? मान लो, इंटरव्यू में बहुत नर्वस हो गई, तो? संजय को कह रही हूँ कि वह भी साथ चले; पर उसे ऑफ़िस से छुट्टी नहीं मिल सकती। एक तो नया शहर, फिर इंटरव्यू! अपना कोई साथ होता तो बड़ा सहारा मिल जाता। मैं कमरा लेकर अकेली रहती हूँ, यों अकेली घूम-फिर भी लेती हूँ तो संजय सोचता है, मुझमें बड़ी हिम्मत है, पर सच, बड़ा डर लग रहा है।

बार-बार मैं यह मान लेती हूँ कि मुझे नौकरी मिल गई है और मैं संजय

के साथ वहाँ रहने लगी हूँ। कितनी सुन्दर कल्पना है, कितनी मादक! पर इंटरव्यू का भय मादकता से भरे इस स्वप्नजाल को छिन्न-भिन्न कर देता है...।

काश, संजय भी किसी तरह मेरे साथ चल पाता!

कलकत्ता

गाड़ी जब हावड़ा स्टेशन के प्लेटफॉर्म पर प्रवेश करती है तो जाने कैसी विचित्र आशंका, विचित्र-से भय से मेरा मन भर जाता है। प्लेटफॉर्म पर खड़े असंख्य नर-नारियों में मैं इरा को ढूँढ़ती हूँ। वह कहीं दिखाई नहीं देती। नीचे उतरने के बजाय खिड़की में से ही दूर-दूर तक नज़रें दौड़ाती हूँ।... आख़िर एक कुली को बुलाकर, अपना छोटा-सा सूटकेस और बिस्तर उतारने का आदेश दे, मैं नीचे उतर पड़ती हूँ। उस भीड़ को देखकर मेरी दहशत जैसे और बढ़ जाती है। तभी किसी के हाथ के स्पर्श से मैं बुरी तरह चौंक जाती हूँ। पीछे देखती हूँ तो इरा खड़ी है।

रूमाल से चेहरे का पसीना पोंछते हुए कहती हूँ : "ओफ! तुझे न देखकर मैं घबरा रही थी कि तुम्हारे घर भी कैसे पहुँचूँगी!"

बाहर आकर हम टैक्सी में बैठते हैं। अभी तक मैं स्वस्थ नहीं हो पाई हूँ। जैसे ही हावड़ा-पुल पर गाड़ी पहुँचती है, हुगली के जल को स्पर्श करती हुई ठंडी हवाएँ तन-मन को एक ताजगी से भर देती हैं। इरा मुझे इस पुल की विशेषता बताती है और मैं विस्मित-सी उस पुल को देखती हूँ, दूर-दूर तक फैले हुगली के विस्तार को देखती हूँ, उसकी छाती पर खड़ी और विहार करती अनेक नौकाओं को देखती हूँ, बड़े-बड़े जहाजों को देखती हूँ...

उसके बाद बहुत ही भीड़-भरी सड़कों पर हमारी टैक्सी रुकती-रुकती चलती है। ऊँची-ऊँची इमारतों और चारों ओर के वातावरण से कुछ विचित्र-सी विराटता का आभास होता है, और इस सबके बीच जैसे मैं अपने को बड़ा खोया-खोया-सा महसूस करती हूँ। कहाँ पटना और कानपुर और कहाँ यह कलकत्ता! मैंने तो आज तक कभी बहुत बड़े शहर देखे ही नहीं!

सारी भीड़ को चीरकर हम रैड रोड पर आ जाते हैं। चौड़ी शान्त सड़क। मेरे दोनों ओर लम्बे-चौड़े खुले मैदान।

"क्यों इरा, कौन-कौन लोग होंगे इंटरव्यू में? मुझे तो बड़ा डर लग रहा है।"

"अरे, सब ठीक हो जाएगा! तू और डर? हम जैसे डरें तो कोई बात भी है। जिसने अपना सारा कैरियर अपने-आप बनाया, वह भला इंटरव्यू में डरे!" फिर कुछ देर ठहरकर कहती है : "अच्छा, भैया-भाभी तो पटना ही होंगे? जाती है कभी उनके पास भी या नहीं?"

"कानपुर आने के बाद एक बार गई थी। कभी-कभी यों ही पत्र लिख देती हूँ।"

"भई कमाल के लोग हैं! बहन को भी नहीं निभा सके!"

मुझे यह प्रसंग कतई पसन्द नहीं। मैं नहीं चाहती कि कोई इस विषय पर बात करे। मैं मौन ही रहती हूँ।

इरा का छोटा-सा घर है, सुन्दर ढंग से सजाया हुआ। उसके पति के दौरे पर जाने की बात सुनकर पहले तो मुझे अफ़सोस हुआ था; वे होते तो कुछ मदद ही करते! पर फिर एकाएक लगा कि उनकी अनुपस्थिति में मैं शायद अधिक स्वतन्त्रता का अनुभव कर सकूँ। उनका बच्चा भी बड़ा प्यारा है।

शाम को इरा मुझे कॉफी-हाउस ले जाती है। अचानक मुझे वहाँ निशीथ दिखाई देता है। मैं सकपकाकर नज़र घुमा लेती हूँ। पर वह हमारी मेज़ पर ही आ पहुँचता है। विवश होकर मुझे उधर देखना पड़ता है, नमस्कार भी करना पड़ता है; इरा का परिचय भी करवाना पड़ता है। इरा पास की कुर्सी पर बैठने का निमन्त्रण दे देती है। मुझे लगता है, मेरी साँस रुक जाएगी।

"कब आईं?"

"आज सवेरे ही।"

"अभी ठहरोगी? ठहरी कहाँ हो?"

जवाब इरा देती है। मैं देख रही हूँ, निशीथ बहुत बदल गया है। उसने

कवियों की तरह बाल बढ़ा लिए हैं। यह क्या शौक चर्राया? उसका रंग स्याह पड़ गया है। वह दुबला भी हो गया है।

विशेष बातचीत नहीं होती और हम लोग उठ पड़ते हैं। इरा को मुन्नू की चिन्ता सता रही थी, और मैं स्वयं भी घर पहुँचने को उतावली हो रही थी। कॉफ़ी-हाउस से धर्मतल्ला तक वह पैदल चलता हुआ हमारे साथ आता है। इरा उससे बात कर रही है, मानो वह इरा का ही मित्र हो! इरा अपना पता समझा देती है और वह दूसरे दिन नौ बजे आने का वायदा करके चला जाता है।

पूरे तीन साल बाद निशीथ का यों मिलना! न चाहकर भी जैसे सारा अतीत आँखों के सामने खुल जाता है। बहुत दुबला हो गया है निशीथ!...लगता है, जैसे मन में कहीं कोई गहरी पीड़ा छिपाए बैठा है।

मुझसे अलग होने का दुःख तो नहीं साल रहा है इसे?

कल्पना चाहे कितनी भी मधुर क्यों न हो, एक तृप्ति-युक्त आनन्द देनेवाली क्यों न हो; पर मैं जानती हूँ, यह झूठ है। यदि ऐसा ही था तो कौन उसे कहने गया था कि तुम इस सम्बन्ध को तोड़ दो? उसने अपनी इच्छा से ही तो यह सब किया था।

एकाएक ही मेरा मन कटु हो उठता है। यही तो है वह व्यक्ति जिसने मुझे अपमानित करके सारी दुनिया के सामने छोड़ दिया था, महज उपहास का पात्र बनाकर! ओह, क्यों नहीं मैंने उसे पहचानने से इनकार कर दिया? जब वह मेज़ के पास आकर खड़ा हुआ, तो क्यों नहीं मैंने कह दिया कि माफ़ कीजिए, मैं आपको पहचानती नहीं? ज़रा उसका खिसियाना तो देखती! वह कल भी आएगा। मुझे उसे साफ़-साफ़ मना कर देना चाहिए था कि मैं उसकी सूरत भी नहीं देखना चाहती, मैं उससे नफ़रत करती हूँ...!

अच्छा है, आए कल! मैं उसे बता दूँगी कि जल्दी ही मैं संजय से विवाह करनेवाली हूँ। यह भी बता दूँगी कि मैं पिछला सब कुछ भूल चुकी हूँ। यह भी बता दूँगी कि मैं उससे घृणा करती हूँ और उसे जिन्दगी में कभी माफ़ नहीं कर सकती...

यह सब सोचने के साथ-साथ जाने क्यों, मेरे मन में यह बात भी उठ रही थी कि तीन साल हो गए, अभी तक निशीथ ने विवाह क्यों नहीं किया? करे न करे, मुझे क्या...?

क्या वह आज भी मुझसे कुछ उम्मीद रखता है? हूँ! मूर्ख कहीं का!

संजय! मैंने तुमसे कितना कहा था कि तुम मेरे साथ चलो; पर तुम नहीं आए।...इस समय जबकि मुझे तुम्हारी इतनी-इतनी याद आ रही है, बताओ, मैं क्या करूँ?

कलकत्ता

नौकरी पाना इतना मुश्किल है, इसका मुझे गुमान तक नहीं था। इरा कहती है कि डेढ़ सौ की नौकरी के लिए खुद मिनिस्टर तक सिफारिश करने पहुँच जाते हैं, फिर यह तो तीन सौ का जॉब है।...निशीथ सवेरे से शाम तक इसी चक्कर में भटका है, यहाँ तक कि उसने अपने ऑफ़िस से भी छुट्टी ले ली है। वह क्यों मेरे काम में इतनी दिलचस्पी ले रहा है? उसका परिचय बड़े-बड़े लोगों से है और वह कहता है कि जैसे भी होगा, वह काम मुझे दिलाकर ही मानेगा। पर आख़िर क्यों?

कल मैंने सोचा था कि अपने व्यवहार की रुखाई से मैं स्पष्ट कर दूँगी कि अब वह मेरे पास न आए। पौने नौ बजे के करीब, जब मैं अपने टूटे हुए बाल फेंकने खिड़की पर गई, तो देखा : घर से थोड़ी दूर पर निशीथ टहल रहा है। वही लम्बे बाल, कुरता-पाजामा। तो वह समय से पहले ही आ गया! संजय होता तो ग्यारह के पहले नहीं पहुँचता, समय पर पहुँचना तो वह जानता ही नहीं।

उसे यों चक्कर काटते देख मेरा मन जाने कैसा हो आया!...और जब वह आया तो मैं चाहकर भी कटु नहीं हो सकी। मैंने उसे कलकत्ता आने का मकसद बताया, तो लगा कि वह बड़ा प्रसन्न हुआ। वहीं बैठे-बैठे फ़ोन करके उसने इस नौकरी के सम्बन्ध में सारी जानकारी प्राप्त कर ली, कैसे क्या करना होगा, उसकी योजना भी बना डाली; बैठे-बैठे फ़ोन से ऑफ़िस को सूचना भी दे दी कि आज वह ऑफ़िस नहीं आएगा।

विचित्र स्थिति मेरी हो रही थी। उसके इस अपनत्व-भरे व्यवहार को मैं स्वीकार भी नहीं कर पाती थी, नकार भी नहीं पाती थी। सारा दिन मैं उसके साथ घूमती रही; पर काम की बात के अतिरिक्त उसने एक भी बात नहीं की। मैंने कई बार चाहा कि संजय की बात बता दूँ; पर बता नहीं सकी। सोचा, कहीं वह सुनकर यह दिलचस्पी लेना कम न कर दे। उसके आज-भर के प्रयत्नों से ही मुझे काफी उम्मीद हो चली थी। यह नौकरी मेरे लिए कितनी आवश्यक है, मिल जाए तो संजय कितना प्रसन्न होगा, हमारे विवाहित जीवन के आरम्भिक दिन कितने सुख में बीतेंगे!

शाम को हम घर लौटते हैं। मैं उसे बैठने को कहती हूँ; पर वह बैठता नहीं, बस खड़ा ही रहता है। उसके चौड़े ललाट पर पसीने की बूँदें चमक रही हैं। एकाएक ही मुझे लगता है, इस समय संजय होता, तो? मैं अपने आँचल से उसका पसीना पोंछ देती, और वह...क्या बिना बाँहों में भरे, बिना प्यार किए यों ही चला जाता?

"अच्छा, तो चलता हूँ।"

यन्त्रचलित-से मेरे हाथ जुड़ जाते हैं, वह लौट पड़ता है और मैं ठगी-सी देखती रहती हूँ।

सोते समय मेरी आदत है कि मैं संजय के लाए हुए फूलों को निहारती रहती हूँ। यहाँ वे फूल नहीं हैं तो बड़ा सूना-सूना सा लग रहा है।

पता नहीं संजय, तुम इस समय क्या कर रहे हो! तीन दिन हो गए, किसी ने बाँहों में भरकर प्यार तक नहीं किया...

कलकत्ता

आज सवेरे मेरा इंटरव्यू हो गया है। मैं शायद बहुत नर्वस हो गई थी और जैसे उत्तर मुझे देने चाहिए, वैसे नहीं दे पाई। पर निशीथ ने आकर बताया कि मेरा चुना जाना क़रीब-क़रीब तय हो गया है। मैं जानती हूँ, यह सब निशीथ की वजह से ही हुआ।

ढलते सूरज की धूप निशीथ के बाएँ गाल पर पड़ रही थी और सामने बैठा निशीथ इतने दिन बाद एक बार फिर मुझे बड़ा प्यारा-सा लगा।

मैंने देखा, मुझसे ज़्यादा वह प्रसन्न है। वह कभी किसी का अहसान नहीं लेता; पर मेरी ख़ातिर उसने न जाने कितने लोगों का अहसान लिया। आख़िर क्यों? क्या वह चाहता है कि मैं कलकत्ता आकर रहूँ उसके साथ, उसके पास? एक अजीब-सी पुलक से मेरा तन-मन सिहर उठता है। वह ऐसा क्यों चाहता है? उसका ऐसा चाहना बहुत ग़लत है, बहुत अनुचित है!...मैं अपने मन को समझाती हूँ, ऐसी कोई बात नहीं है, शायद वह केवल मेरे प्रति किए गए अन्याय का प्रतिकार करने के लिए यह सब कर रहा है! पर क्या वह समझता है कि उसकी मदद से नौकरी पाकर मैं उसे क्षमा कर दूँगी, या जो कुछ उसने किया है, उसे भूल जाऊँगी? असम्भव! मैं कल ही उसे संजय की बात बता दूँगी।

"आज तो इस ख़ुशी में पार्टी हो जाए!"

काम की बात के अलावा यह पहला वाक्य मैं उसके मुँह से सुनती हूँ, मैं इरा की ओर देखती हूँ। वह प्रस्ताव का समर्थन करके भी मुन्नू की तबीयत का बहाना लेकर अपने को काट लेती है। अकेले जाना मुझे कुछ अटपटा-सा लगता है। अभी तक तो काम का बहाना लेकर घूम रही थी, पर अब? फिर भी मैं मना नहीं कर पाती। अन्दर जाकर तैयार होती हूँ। मुझे याद आता है, निशीथ को नीला रंग बहुत पसन्द था, मैं नीली साड़ी ही पहनती हूँ। बड़े चाव और सतर्कता से अपना प्रसाधन करती हूँ, और बार-बार अपने को टोकती जाती हूँ–किसको रिझाने के लिए यह सब हो रहा है? क्या यह निरा पागलपन नहीं है?

सीढ़ियों पर निशीथ हल्की-सी मुस्कुराहट के साथ कहता है : "इस साड़ी में तुम बहुत सुन्दर लग रही हो।"

मेरा चेहरा तमतमा जाता है; कनपटियाँ सुर्ख हो जाती हैं। मैं सचमुच ही इस वाक्य के लिए तैयार नहीं थी। यह सदा चुप रहनेवाला निशीथ बोला भी तो ऐसी बात।

मुझे ऐसी बातें सुनने की ज़रा भी आदत नहीं है। संजय न कभी मेरे कपड़ों पर ध्यान देता है, न ऐसी बातें करता है, जब कि उसे पूरा अधिकार है। और यह बिना अधिकार ऐसी बातें करे?...

पर जाने क्या है कि मैं उस पर नाराज़ नहीं हो पाती हूँ; बल्कि एक पुलकमय सिहरन महसूस करती हूँ। सच, संजय के मुँह से ऐसा वाक्य सुनने को मेरा मन तरसता रहता है, पर उसने कभी ऐसी बात नहीं की। पिछले ढाई साल से मैं संजय के साथ रह रही हूँ। रोज़ ही शाम को हम घूमने जाते हैं। कितनी ही बार मैंने शृंगार किया, अच्छे कपड़े पहने, पर प्रशंसा का एक शब्द भी उसके मुँह से नहीं सुना। इन बातों पर उसका ध्यान ही नहीं जाता; वह देखकर भी जैसे यह सब नहीं देख पाता। इस वाक्य को सुनने के लिए तरसता हुआ मेरा मन जैसे रस से नहा जाता है। पर निशीथ ने यह बात क्यों कही? उसे क्या अधिकार है?

क्या सचमुच ही उसे अधिकार नहीं है?...नहीं है?

जाने कैसी मजबूरी है, कैसी विवशता है कि मैं इस बात का जवाब नहीं दे पाती हूँ। निश्चयात्मक दृढ़ता से नहीं कह पाती कि साथ चलते इस व्यक्ति को सचमुच ही मेरे विषय में ऐसी अवांछित बात कहने का कोई अधिकार नहीं है।

हम दोनों टैक्सी में बैठते हैं। मैं सोचती हूँ, आज मैं इसे संजय की बात बता दूँगी।

"स्काई-रूम!" निशीथ टैक्सीवाले को आदेश देता है।

'टुन' की घंटी के साथ मीटर डाउन होता है और टैक्सी हवा से बातें करने लगती है। निशीथ बहुत सतर्कता से कोने में बैठा है, बीच में इतनी जगह छोड़कर कि यदि हिचकोला खाकर भी टैक्सी रुके, तो हमारा स्पर्श न हो। हवा के झोंके से मेरी रेशमी साड़ी का पल्लू उसके समूचे बदन को स्पर्श करता हुआ उसकी गोदी में पड़कर फरफराता है। वह उसे हटाता नहीं है। मुझे लगता है, यह रेशमी, सुवासित पल्लू उसके तन-मन को रस से भिगो रहा है, यह स्पर्श उसे पुलकित कर रहा है, मैं विजय के अकथनीय आह्लाद से भर जाती हूँ।

आज भी मैं संजय की बात नहीं कह पाती। चाहकर भी नहीं कह पाती। अपनी इस विवशता पर मुझे खीज भी आती है, पर मेरा मुँह है कि खुलता ही नहीं। मुझे लगता है कि मैं जैसे कोई बहुत बड़ा अपराध कर रही

होऊँ; पर फिर भी मैं कुछ नहीं कह सकी।

यह निशीथ कुछ बोलता क्यों नहीं? उसका यों कोने में दुबककर निर्विकार भाव से बैठे रहना मुझे कतई अच्छा नहीं लगता। एकाएक ही मुझे संजय की याद आने लगती है। इस समय वह यहाँ होता तो उसका हाथ मेरी कमर में लिपटा होता! यों सड़क पर ऐसी हरकतें मुझे स्वयं पसन्द नहीं; पर जाने क्यों, किसी की बाँहों की लपेट के लिए मेरा मन ललक उठता है। मैं जानती हूँ कि जब निशीथ बग़ल में बैठा हो, उस समय ऐसी इच्छा करना, या ऐसी बात सोचना भी कितना अनुचित है। पर मैं क्या करूँ? जितनी द्रुतगति से टैक्सी चली जा रही है, मुझे लगता है, उतनी ही द्रुतगति से मैं भी बही जा रही हूँ, अनुचित, अवांछित दिशाओं की ओर।

टैक्सी झटका खाकर रुकती है तो मेरी चेतना लौटती है। मैं जल्दी से दाहिनी ओर का फाटक खोलकर कुछ इस हड़बड़ी से नीचे उतर पड़ती हूँ; मानो अन्दर निशीथ मेरे साथ कोई बदतमीजी कर रहा हो।

"अजी, इधर से उतरना चाहिए कभी?" टैक्सीवाला कहता है मुझे अपनी ग़लती का भान होता है। उधर निशीथ खड़ा है, इधर मैं, बीच में टैक्सी!

पैसे लेकर टैक्सी चली जाती है तो हम दोनों एक-दूसरे के आमने-सामने हो जाते हैं। एकाएक ही मुझे ख़याल आता है कि टैक्सी के पैसे आज तो मुझे ही देने चाहिए थे। पर अब क्या हो सकता था! चुपचाप हम दोनों अन्दर जाते हैं। आस-पास बहुत कुछ है, चहल-पहल, रौशनी, रौनक। पर मेरे लिए जैसे सबका अस्तित्व ही मिट जाता है। मैं अपने को सबकी नज़रों से ऐसे बचाकर चलती हूँ, मानो मैंने कोई अपराध कर डाला हो, और कोई मुझे पकड़ न ले।

क्या सचमुच ही मुझसे कोई अपराध हो गया है?

आमने-सामने हम दोनों बैठ जाते हैं। मैं होस्ट हूँ, फिर भी उसका पार्ट वही अदा कर रहा है। वही ऑर्डर देता है। बाहर की हलचल और उससे अधिक मन की हलचल में मैं अपने को खोया-खोया-सा महसूस करती हूँ।

हम दोनों के सामने बैरा कोल्ड-कॉफी के गिलास और खाने का कुछ

सामान रख जाता है। मुझे बार-बार लगता है कि निशीथ कुछ कहना चाह रहा है। मैं उसके होंठों की धड़कन तक महसूस करती हूँ। वह जल्दी से कॉफी का स्ट्रॉ मुँह से लगा लेता है।

मूर्ख कहीं का! वह सोचता है, मैं बेवकूफ़ हूँ। मैं अच्छी तरह जानती हूँ कि इस समय वह क्या सोच रहा है।

तीन दिन साथ रहकर भी हमने उस प्रसंग को नहीं छेड़ा। शायद नौकरी की बात ही हमारे दिमाग़ों पर छाई हुई थी। पर आज...आज अवश्य ही वह बात आएगी! न आए, यह कितना अस्वाभाविक है! पर नहीं, स्वाभाविक शायद यही है। तीन साल पहले जो अध्याय सदा के लिए बन्द हो गया, उसे उलटकर देखने का साहस शायद हम दोनों में से किसी में नहीं है। जो सम्बन्ध टूट गए, टूट गए। अब उन पर कौन बात करे? मैं तो कभी नहीं करूँगी। पर उसे तो करना चाहिए। तोड़ा उसने था, बात भी वही आरम्भ करे। मैं क्यों करूँ, और मुझे क्या पड़ी है? मैं तो जल्दी ही संजय से विवाह करनेवाली हूँ। क्यों नहीं मैं इसे अभी संजय की बात बता देती? पर जाने कैसी विवशता है, जाने कैसा मोह है कि मैं मुँह नहीं खोल पाती। एकाएक मुझे लगता है जैसे उसने कुछ कहा...

"आपने कुछ कहा?"

"नहीं तो!"

मैं खिसिया जाती हूँ।

फिर वही मौन! खाने में मेरा ज़रा भी मन नहीं लग रहा है; पर यन्त्रचलित-सी मैं खा रही हूँ। शायद वह भी ऐसे ही खा रहा है। मुझे फिर लगता है कि उसके होंठ फड़क रहे हैं, और स्ट्रॉ पकड़े हुए उँगलियाँ काँप रही हैं। मैं जानती हूँ, वह पूछना चाहता है : दीपा, तुमने मुझे माफ़ तो कर दिया न?

वह पूछ ही क्यों नहीं लेता? मान लो, यदि पूछ ही ले, तो क्या मैं कह सकूँगी कि मैं तुम्हें जिन्दगी-भर माफ़ नहीं कर सकती, मैं तुमसे नफ़रत करती हूँ, मैं तुम्हारे साथ घूम-फिर ली, या कॉफी पी ली, तो यह मत समझो कि मैं तुम्हारे विश्वासघात की बात को भूल गई हूँ?

और एकाएक ही पिछला सब कुछ मेरी आँखों के आगे तैरने लगता है। पर यह क्या? असह्य अपमानजनित पीड़ा, क्रोध और कटुता क्यों नहीं याद आती? मेरे सामने तो पटना में गुजारी सुहानी सन्ध्याओं और चाँदनी रातों के वे चित्र उभरकर आते हैं, जब घंटों समीप बैठ, मौन भाव से हम एक-दूसरे को निहारा करते थे। बिना स्पर्श किए भी जाने कैसी मादकता तन-मन को विभोर किए रहती थी, जाने कैसी तन्मयता में हम डूबे रहते थे...एक विचित्र-सी, स्वप्निल दुनिया में!...मैं कुछ बोलना भी चाहती तो वह मेरे मुँह पर उँगली रखकर कहता : "आत्मीयता के ये क्षण अनकहे ही रहने दो, दीपा!"

आज भी तो हम मौन ही हैं, एक-दूसरे के निकट ही हैं। क्या आज भी हम आत्मीयता के उन्हीं क्षणों में गुज़र रहे हैं? मैं अपनी सारी शक्ति लगाकर चीख़ पड़ना चाहती हूँ, नहीं!...नहीं!...नहीं!...पर कॉफी सिप करने के अतिरिक्त मैं कुछ नहीं कर पाती। मेरा यह विरोध हृदय की न जाने कौन-सी अतल गहराइयों में डूब जाता है!

निशीथ मुझे बिल नहीं देने देता। एक विचित्र-सी भावना मेरे मन में उठती है कि छीना-झपटी में किसी तरह मेरा हाथ इसके हाथ से छू जाए! मैं अपने स्पर्श से उसके मन के तारों को झनझना देना चाहती हूँ। पर वैसा अवसर नहीं आता। बिल वही देता है, मुझसे तो विरोध भी नहीं किया जाता।

मन में प्रचंड तूफ़ान! पर फिर भी निर्विकार भाव से मैं टैक्सी में आकर बैठती हूँ...फिर वही मौन, वही दूरी। पर जाने क्या है कि मुझे लगता है कि निशीथ मेरे बहुत निकट आ गया है, बहुत ही निकट! बार-बार मेरा मन करता है कि क्यों नहीं निशीथ मेरा हाथ पकड़ लेता, क्यों नहीं मेरे कन्धे पर हाथ रख देता? मैं ज़रा भी बुरा नहीं मानूँगी, ज़रा भी नहीं! पर वह कुछ भी नहीं करता।

सोते समय रोज़ की तरह मैं आज भी संजय का ध्यान करते हुए ही सोना चाहती हूँ, पर निशीथ है कि बार-बार संजय की आकृति को हटाकर स्वयं आ खड़ा होता है...

कलकत्ता

अपनी मजबूरी पर खीज-खीज जाती हूँ। आज कितना अच्छा मौक़ा था सारी बात बता देने का! पर मैं जाने कहाँ भटकी थी कि कुछ भी नहीं बता पाई।

शाम को मुझे निशीथ अपने साथ 'लेक' ले गया। पानी के किनारे हम घास पर बैठ गए। कुछ दूर पर काफी भीड़-भाड़ और चहल-पहल थी, पर यह स्थान अपेक्षाकृत शान्त था। सामने लेक के पानी में छोटी-छोटी लहरें उठ रही थीं। चारों ओर के वातावरण का कुछ विचित्र-सा भाव मन पर पड़ रहा था।

"अब तो तुम यहाँ आ जाओगी!" मेरी ओर देखकर उसने कहा।

"हाँ!"

"नौकरी के बाद क्या इरादा है?"

मैंने देखा, उसकी आँखों में कुछ जानने की आतुरता फैलती जा रही है, शायद कुछ कहने की भी। मुझसे कुछ जानकर वह अपनी बात कहेगा।

"कुछ नहीं!" जाने क्यों मैं यह कह गई। कोई है जो मुझे कचोटे डाल रहा है। क्यों नहीं मैं बता देती कि नौकरी के बाद मैं संजय से विवाह करूँगी, मैं संजय से प्रेम करती हूँ, वह मुझसे प्रेम करता है? वह बहुत अच्छा है, बहुत ही! वह मुझे तुम्हारी तरह धोखा नहीं देगा; पर मैं कुछ भी तो नहीं कह पाती। अपनी इस बेबसी पर मेरी आँखें छलछला आती हैं। मैं दूसरी ओर मुँह फेर लेती हूँ।

"तुम्हारे यहाँ आने से मैं बहुत ख़ुश हूँ!"

मेरी साँस जहाँ-की-तहाँ रुक जाती है आगे के शब्द सुनने के लिए; पर शब्द नहीं आते। बड़ी कातर, करुण और याचना-भरी दृष्टि से मैं उसे देखती हूँ, मानो कह रही होऊँ कि तुम कह क्यों नहीं देते निशीथ, कि आज भी तुम मुझे प्यार करते हो, तुम मुझे सदा अपने पास रखना चाहते हो, जो कुछ हो गया है, उसे भूलकर तुम मुझसे विवाह करना चाहते हो? कह दो, निशीथ, कह दो!...यह सुनने के लिए मेरा मन अकुला रहा है, छटपटा रहा है! मैं बुरा नहीं मानूँगी, ज़रा भी बुरा नहीं मानूँगी। मान ही कैसे सकती हूँ निशीथ! इतना सब हो जाने के बाद भी शायद मैं तुम्हें प्यार करती हूँ–

शायद नहीं, सचमुच ही मैं तुम्हें प्यार करती हूँ!

मैं जानती हूँ—तुम कुछ नहीं कहोगे, सदा के ही मितभाषी जो हो। फिर भी कुछ सुनने की आतुरता लिये मैं तुम्हारी तरफ़ देखती रहती हूँ। पर तुम्हारी नज़र तो लेक के पानी पर जमी हुई है...शान्त, मौन!

आत्मीयता के ये क्षण अनकहे भले ही रह जाएँ पर अनबूझे नहीं रह सकते। तुम चाहे न कहो, पर मैं जानती हूँ, तुम आज भी मुझे प्यार करते हो, बहुत प्यार करते हो! मेरे कलकत्ता आ जाने के बाद इस टूटे सम्बन्ध को फिर से जोड़ने की बात ही तुम इस समय सोच रहे हो। तुम आज भी मुझे अपना ही समझते हो, तुम जानते हो, आज भी दीपा तुम्हारी है!...और मैं?

लगता है, इस प्रश्न का उत्तर देने का साहस मुझमें नहीं है। मुझे डर है कि जिस आधार पर मैं तुमसे नफ़रत करती थी, उसी आधार पर कहीं मुझे अपने से नफ़रत न करनी पड़े।

लगता है, रात आधी से भी अधिक ढल गई है।

कानपुर

मन में उत्कट अभिलाषा होते हुए भी निशीथ की आवश्यक मीटिंग की बात सुनकर मैंने कह दिया था कि तुम स्टेशन मत आना। इरा आई थी; पर गाड़ी पर बिठाकर ही चली गई, या कहूँ कि मैंने जबर्दस्ती ही उसे भेज दिया। मैं जानती थी कि लाख मना करने पर भी निशीथ आएगा और विदा के उन अन्तिम क्षणों में मैं उसके साथ अकेली ही रहना चाहती थी। मन में एक दबी-सी आशा थी कि चलते समय ही शायद वह कुछ कह दे।

गाड़ी चलने में जब दस मिनट रह गए तो देखा : बड़ी व्यग्रता से डिब्बों में झाँकता-झाँकता निशीथ आ रहा था।...पागल! उसे इतना तो समझना चाहिए कि उसकी प्रतीक्षा में मैं यहाँ बाहर खड़ी हूँ!

मैं दौड़कर उसके पास जाती हूँ : "आप क्यों आए?" पर मुझे उसका आना बड़ा अच्छा लगता है! वह बहुत थका हुआ लग रहा है। शायद सारा दिन बहुत व्यस्त रहा और दौड़ता-दौड़ता मुझे सी-ऑफ करने यहाँ आ

पहुँचा। मन करता है कुछ ऐसा करूँ, जिससे इसकी सारी थकान दूर हो जाए। पर क्या करूँ? हम डिब्बे के पास आ जाते हैं।

"जगह अच्छी मिल गई?" वह अन्दर झाँकते हुए पूछता है।

"हाँ!"

"पानी-वानी तो है?"

"है।"

"बिस्तर फैला लिया?"

मैं खीज पड़ती हूँ। वह शायद समझ जाता है, सो चुप हो जाता है। हम दोनों एक क्षण को एक-दूसरे की ओर देखते हैं। मैं उसकी आँखों में विचित्र-सी छायाएँ देखती हूँ; मानो कुछ है, जो उसके मन में घुट रहा है, उसे मथ रहा है, पर वह कह नहीं पा रहा है। वह क्यों नहीं कह देता? क्यों नहीं अपने मन की इस घुटन को हल्का कर लेता?

"आज भीड़ विशेष नहीं है," चारों ओर नज़र डालकर वह कहता है।

मैं भी एक बार चारों ओर देख लेती हूँ, पर नज़र मेरी बार-बार घड़ी पर ही जा रही है। जैसे-जैसे समय सरक रहा है, मेरा मन किसी गहरे अवसाद में डूब रहा है। मुझे कभी उस पर दया आती है तो कभी खीज। गाड़ी चलने में केवल तीन मिनट बाक़ी रह गए हैं। एक बार फिर हमारी नज़रें मिलती हैं।

"ऊपर चढ़ जाओ, अब गाड़ी चलनेवाली है।"

बड़ी असहाय-सी नज़र से मैं उसे देखती हूँ; मानो कह रही होऊँ, तुम्हीं चढ़ा दो।...और फिर धीरे-धीरे चढ़ जाती हूँ। दरवाज़े पर मैं खड़ी हूँ और वह नीचे प्लेटफॉर्म पर।

"जाकर पहुँचने की ख़बर देना। जैसे ही मुझे इधर कुछ निश्चित रूप से मालूम होगा, तुम्हें सूचना दूँगा।"

मैं कुछ बोलती नहीं, बस उसे देखती रहती हूँ...

सीटी...हरी झंडी...फिर सीटी। मेरी आँखें छलछला आती हैं।

गाड़ी एक हल्के-से झटके के साथ सरकने लगती है। वह गाड़ी के साथ क़दम आगे बढ़ाता है और मेरे हाथ पर धीरे-से अपना हाथ रख देता है।

मेरा रोम-रोम सिहर उठता है। मन करता है चिल्ला पड़ूँ—मैं सब समझ गई, निशीथ, सब समझ गई! जो कुछ तुम इन चार दिनों में नहीं कह पाए, वह तुम्हारे इस क्षणिक स्पर्श ने कह दिया। विश्वास करो, यदि तुम मेरे हो तो मैं भी तुम्हारी हूँ; केवल तुम्हारी, एकमात्र तुम्हारी!...पर मैं कुछ कह नहीं पाती। बस, साथ चलते निशीथ को देखती-भर रहती हूँ। गाड़ी के गति पकड़ते ही वह हाथ को ज़रा-सा दबाकर छोड़ देता है। मेरी छलछलाई आँखें मुँद जाती हैं। मुझे लगता है, यह स्पर्श, यह सुख, यह क्षण ही सत्य है, बाक़ी सब झूठ है; अपने को भूलने का, भरमाने का, छलने का असफल प्रयास है।

आँसू-भरी आँखों से मैं प्लेटफॉर्म को पीछे छूटता हुआ देखती हूँ। सारी आकृतियाँ धुँधली-सी दिखाई देती हैं। असंख्य हिलते हुए हाथों के बीच निशीथ के हाथ को, उस हाथ को, जिसने मेरा हाथ पकड़ा था, ढूँढ़ने का असफल-सा प्रयास करती हूँ। गाड़ी प्लेटफॉर्म को पार कर जाती है, और दूर-दूर तक कलकत्ता की जगमगाती बत्तियाँ दिखाई देती हैं। धीरे-धीरे वे सब दूर हो जाती हैं, पीछे छूटती जाती हैं। मुझे लगता है, यह दैत्याकार ट्रेन मुझे मेरे घर से कहीं दूर ले जा रही है—अनदेखी, अनजानी राहों में गुमराह करने के लिए, भटकाने के लिए!

बोझिल मन से मैं अपने फैलाए हुए बिस्तर पर लेट जाती हूँ। आँखें बन्द करते ही सबसे पहले मेरे सामने संजय का चित्र उभरता है...कानपुर जाकर मैं उसे क्या कहूँगी? इतने दिनों तक उसे छलती आई, अपने को छलती आई, पर अब नहीं।...मैं उसे सारी बात समझा दूँगी। कहूँगी, संजय जिस सम्बन्ध को टूटा हुआ जानकर मैं भूल चुकी थी, उसकी जड़ें हृदय की किन अतल गहराइयों में जमी हुई थीं, इसका अहसास कलकत्ता में निशीथ से मिलकर हुआ। याद आता है, तुम निशीथ को लेकर सदैव ही संदिग्ध रहते थे; पर तब मैं तुम्हें ईर्ष्यालु समझती थी; आज स्वीकार करती हूँ कि तुम जीते, मैं हारी!

सच मानना संजय, ढाई साल मैं स्वयं भ्रम में थी और तुम्हें भी भ्रम में डाल रखा था; पर आज भ्रम के, छलना के सारे ही जाल छिन्न-भिन्न

हो गए हैं। मैं आज भी निशीथ को प्यार करती हूँ। और यह जानने के बाद, एक दिन भी तुम्हारे साथ और छल करने का दुस्साहस कैसे करूँ? आज पहली बार मैंने अपने सम्बन्धों का विश्लेषण किया, तो जैसे सब कुछ ही स्पष्ट हो गया और जब मेरे सामने सब कुछ स्पष्ट हो गया, तो तुमसे कुछ भी नहीं छिपाऊँगी, तुम्हारे सामने मैं चाहूँ तो भी झूठ नहीं बोल सकती।

आज लग रहा है, तुम्हारे प्रति मेरे मन में जो भी भावना है वह प्यार की नहीं, केवल कृतज्ञता की है। तुमने मुझे उस समय सहारा दिया था, जब अपने पिता और निशीथ को खोकर मैं चूर-चूर हो चुकी थी। सारा संसार मुझे वीरान नज़र आने लगा था, उस समय तुमने अपने स्नेहिल स्पर्श से मुझे जिला दिया; मेरा मुरझाया, मरा मन हरा हो उठा; मैं कृतकृत्य हो उठी, और समझने लगी कि मैं तुमसे प्यार करती हूँ। पर प्यार की बेसुध घड़ियाँ, वे विभोर क्षण, तन्मयता के वे पल, जहाँ शब्द चुक जाते हैं, हमारे जीवन में कभी नहीं आए। तुम्हीं बताओ, आए कभी? तुम्हारे असंख्य आलिंगनों और चुम्बनों के बीच भी, एक क्षण के लिए भी तो मैंने कभी तन-मन की सुध बिसरा देनेवाली पुलक या मादकता का अनुभव नहीं किया।

सोचती हूँ, निशीथ के चले जाने के बाद मेरे जीवन में एक विराट शून्यता आ गई थी, एक खोखलापन आ गया था, तुमने उसकी पूर्ति की। तुम पूरक थे, मैं ग़लती से तुम्हें प्रियतम समझ बैठी।

मुझे क्षमा कर दो संजय और लौट जाओ। तुम्हें मुझ जैसी अनेक दीपाएँ मिल जाएँगी, जो सचमुच ही तुम्हें प्रियतम की तरह प्यार करेंगी। आज एक बात अच्छी तरह जान गई हूँ कि प्रथम प्रेम ही सच्चा प्रेम होता है; बाद में किया हुआ प्रेम तो अपने को भूलने का, भरमाने का प्रयास-मात्र होता है...

इसी तरह की असंख्य बातें मेरे दिमाग़ में आती हैं, जो मैं संजय से कहूँगी। कह सकूँगी यह सब? लेकिन कहना तो होगा ही। उसके साथ अब एक दिन भी छल नहीं कर सकती। मन से किसी और की आराधना करके तन से उसकी होने का अभिनय करती रहूँ? छीः! नहीं जानती, यही सब सोचते-सोचते मुझे कब नींद आ गई।

लौटकर अपना कमरा खोलती हूँ, तो देखती हूँ, सब कुछ ज्यों-का-त्यों है, सिर्फ़ फूलदान के रजनीगन्धा मुरझा गए हैं। कुछ फूल झरकर ज़मीन पर इधर-उधर भी बिखर गए हैं।

आगे बढ़ती हूँ तो ज़मीन पर पड़ा एक लिफ़ाफ़ा दिखाई देता है। संजय की लिखाई है, खोला तो छोटा-सा पत्र था :

दीपा,

तुमने तो कलकत्ता जाकर कोई सूचना ही नहीं दी। मैं आज ऑफ़िस के काम से कटक जा रहा हूँ। पाँच-छः दिन में लौट आऊँगा। तब तक तुम आ ही जाओगी। जानने को उत्सुक हूँ कि कलकत्ता में क्या हुआ?

तुम्हारा,
संजय

एक लम्बा निःश्वास निकल जाता है। लगता है, एक बड़ा बोझ हट गया। इस अवधि में तो मैं अपने को अच्छी तरह तैयार कर लूँगी।

नहा-धोकर सबसे पहले मैं निशीथ को पत्र लिखती हूँ। उसकी उपस्थिति से जो हिचक मेरे होंठ बन्द किए हुए थी, दूर रहकर वह अपने-आप ही टूट जाती है। मैं स्पष्ट शब्दों में लिख देती हूँ कि चाहे उसने कुछ नहीं कहा, फिर भी मैं सब कुछ समझ गई हूँ। साथ ही यह भी लिख देती हूँ कि मैं उसकी उस हरकत से बहुत दुखी थी, बहुत नाराज़ भी; पर उसे देखते ही जैसे सारा क्रोध बह गया। इस अपनत्व में क्रोध भला टिक भी कैसे पाता? लौटी हूँ, तब से न जाने कैसी रंगीनी और मादकता मेरी आँखों के आगे छाई है...!

एक खूबसूरत-से लिफ़ाफ़े में उसे बन्द करके मैं स्वयं पोस्ट करने जाती हूँ।

रात में सोती हूँ तो अनायास ही मेरी नज़र सूने फूलदान पर जाती है। मैं करवट बदलकर सो जाती हूँ।

कानपुर
आज निशीथ को पत्र लिखे पाँचवाँ दिन है। मैं तो कल ही उसके पत्र की राह देख रही थी। पर आज की भी दोनों डाकें निकल गईं। जाने कैसा सूना-सूना, अनमना-अनमना लगता रहा सारा दिन! किसी भी तो काम में जी नहीं लगता। क्यों नहीं लौटती डाक से ही उत्तर दे दिया उसने? समझ में नहीं आता, कैसे समय गुजारूँ!

मैं बाहर बालकनी में जाकर खड़ी हो जाती हूँ। एकाएक ख़याल आता है, पिछले ढाई सालों से क़रीब इसी समय, यहीं खड़े होकर मैंने संजय की प्रतीक्षा की है। क्या आज मैं संजय की प्रतीक्षा कर रही हूँ? या मैं निशीथ के पत्र की प्रतीक्षा कर रही हूँ? शायद किसी की नहीं, क्योंकि जानती हूँ कि दोनों में से कोई भी नहीं आएगा। फिर?

निरुद्‌देश्य-सी कमरे में लौट पड़ती हूँ। शाम का समय मुझसे घर में नहीं काटा जाता। रोज़ ही तो संजय के साथ घूमने निकल जाया करती थी। लगता है; यहीं बैठी रही तो दम ही घुट जाएगा। कमरा बन्द करके मैं अपने को धकेलती-सी सड़क पर ले आती हूँ।...शाम का धुँधलका मन के बोझ को और भी बढ़ा देता है। कहाँ जाऊँ? लगता है, जैसे मेरी राहें भटक गई हैं, मंज़िल खो गई है। मैं स्वयं नहीं जानती, आख़िर मुझे जाना कहाँ है। फिर भी निरुद्‌देश्य-सी चलती रहती हूँ। पर आख़िर कब तक यूँ भटकती रहूँ? हारकर लौट पड़ती हूँ।

आते ही मेहता साहब की बच्ची तार का एक लिफ़ाफ़ा देती है।

धड़कते दिल से मैं उसे खोलती हूँ। इरा का तार था।

'नियुक्ति हो गई है। बधाई!'

इतनी बड़ी ख़ुशख़बरी पाकर भी जाने क्या है कि ख़ुश नहीं हो पाती। यह ख़बर तो निशीथ भेजनेवाला था। एकाएक ही एक विचार मन में आता है : क्या जो कुछ मैं सोच गई, वह निरा भ्रम ही था, मात्र मेरी कल्पना, मेरा अनुमान? नहीं-नहीं! उस स्पर्श को मैं भ्रम कैसे मान लूँ, जिसने मेरे तन-मन को डुबो दिया था, जिसके द्वारा उसके हृदय की एक-एक परत मेरे सामने खुल गई थी?...लेक पर बिताए उन मधुर क्षणों को भ्रम कैसे मान

लूँ, जहाँ उसका मौन ही मुखरित होकर सब कुछ कह गया था? आत्मीयता के वे अनकहे क्षण! तो फिर उसने पत्र क्यों नहीं लिखा? क्या कल उसका पत्र आएगा? क्या आज भी उसे वही हिचक रोके हुए है?

तभी सामने की घड़ी टन्-टन् करके नौ बजाती है। मैं उसे देखती हूँ। यह संजय की लाई हुई है।...लगता है, जैसे यह घड़ी घंटे सुना-सुनाकर मुझे संजय की याद दिला रही है। फहराते ये हरे पर्दे, यह हरी बुक-रैक, यह टेबल, यह फूलदान, सभी तो संजय के ही लाए हुए हैं। मेज़ पर रखा यह पेन उसने मुझे साल-गिरह पर लाकर दिया था।

अपनी चेतना के इन बिखरे सूत्रों को समेटकर मैं फिर पढ़ने का प्रयास करती हूँ, पर पढ़ नहीं पाती। हारकर मैं पलंग पर लेट जाती हूँ।

सामने के फूलदान का सूनापन मेरे मन के सूनेपन को और अधिक बढ़ा देता है। मैं कसकर आँखें मूँद लेती हूँ।...एक बार फिर मेरी आँखों के आगे लेक का स्वच्छ, नीला जल उभर आता है, जिसमें छोटी-छोटी लहरें उठ रही थीं। उस जल की ओर देखते हुए निशीथ की आकृति उभरकर आती है। वह लाख जल की ओर देखे; पर चेहरे पर अंकित उसके मन की हलचल को मैं आज भी, इतनी दूर रहकर भी महसूस करती हूँ। कुछ न कह पाने की मजबूरी, उसकी विवशता, उसकी घुटन आज भी मेरे सामने साकार हो उठती है। धीरे-धीरे लेक के पानी का विस्तार सिमटता जाता है, और एक छोटी-सी राइटिंग टेबल में बदल जाता है, और मैं देखती हूँ कि एक हाथ में पेन लिए और दूसरे हाथ की उँगलियों को बालों में उलझाए निशीथ बैठा है...वही मजबूरी, वही विवशता, वही घुटन लिए।...वह चाहता है; पर जैसे लिख नहीं पाता। वह कोशिश करता है, पर उसका हाथ बस काँपकर रह जाता है।...ओह! लगता है, उसकी घुटन मेरा दम घोंटकर रख देगी।...मैं एकाएक ही आँखें खोल देती हूँ। वही फूलदान, पर्दे, मेज़, घड़ी...!

कानपुर

आख़िर आज निशीथ का पत्र आ गया। धड़कते दिल से मैंने उसे खोला। इतना छोटा-सा पत्र!

प्रिय दीपा,

तुम अच्छी तरह पहुँच गईं, यह जानकर प्रसन्नता हुई।

तुम्हें अपनी नियुक्ति का तार तो मिल ही गया होगा। मैंने कल ही इराजी को फ़ोन करके सूचना दे दी थी, और उन्होंने बताया था कि तार दे देंगी। ऑफ़िस की ओर से भी सूचना मिल जाएगी।

इस सफलता के लिए मेरी ओर से हार्दिक बधाई स्वीकार करना। सच, मैं बहुत ख़ुश हूँ कि तुम्हें यह काम मिल गया! मेहनत सफल हो गई। शेष फिर।

शुभेच्छु,
निशीथ

बस? धीरे-धीरे पत्र के सारे शब्द आँखों के आगे लुप्त हो जाते हैं, रह जाता है केवल : 'शेष फिर!'

तो अभी उसके पास 'कुछ' लिखने को शेष है? क्यों नहीं लिख दिया उसने अभी? क्या लिखेगा वह?

"दीप!"

मैं मुड़कर दरवाज़े की ओर देखती हूँ। रजनीगन्धा के ढेर सारे फूल लिये मुस्कुराता-सा संजय खड़ा है। एक क्षण मैं संज्ञा-शून्य-सी उसे इस तरह देखती हूँ, मानो पहचानने की कोशिश कर रही होऊँ। वह आगे बढ़ता है, तो मेरी खोई हुई चेतना लौटती है, और विक्षिप्त-सी दौड़कर उससे लिपट जाती हूँ।

"क्या हो गया है तुम्हें, पाग़ल हो गई हो क्या?"

"तुम कहाँ चले गए थे संजय?" और मेरा स्वर टूट जाता है। अनायास ही आँखों से आँसू बह चलते हैं।

"क्या हो गया? कलकत्ता का काम नहीं मिला क्या?...मारो भी गोली काम को। तुम इतनी परेशान क्यों हो रही हो उसके लिए?"

पर मुझसे कुछ नहीं बोला जाता। बस, मेरी बाँहों की जकड़ कसती जाती है, कसती जाती है। रजनीगन्धा की महक धीरे-धीरे मेरे तन-मन पर

छा जाती है। तभी मैं अपने भाल पर संजय के अधरों का स्पर्श महसूस करती हूँ, और मुझे लगता है, यह स्पर्श, यह सुख, यह क्षण ही सत्य है, वह सब झूठ था, मिथ्या था, भ्रम था...।

और हम दोनों एक-दूसरे के आलिंगन में बँधे रहते हैं—चुम्बित, प्रति-चुम्बित!

●●●